LE CHEMIN DES AMOUREUX

DU MÊME AUTEUR

Y comme Romy : Romy Idol, presque 30 ans, presque un mec, presque un boulot, avec Myriam Levain et Julia Tissier, Robert Laffont, 2014
Cher François, Marabout, collection MARAbulles, 2017
Les Douze Râteaux d'Hercule, Marabout, collection MARAbulles, 2018
La guerre du gras n'aura pas lieu, Marabout, collection MARAbulles, 2019

Louison

LE CHEMIN DES AMOUREUX

roman

Robert Laffont

Crédits
Page 126 : *La fille d'avril*, Laurent Voulzy. Paroles : Alain Souchon, musique : Laurent Voulzy. © Laurent Voulzy.
Page 159 : *Il était une fois nous deux*, Joe Dassin. Adaptation française Pierre Delanoë et Claude Lemesle du titre *Monja Monja* de Vito Pallavicini et Toto Cutugno.

ISBN 978-2-221-24221-6
Dépôt légal : janvier 2020

À David

Un temps viendra où malgré toutes les douleurs
nous serons légers, joyeux et véridiques.

Albert Camus à Maria Casarès, 26 février 1950,
Correspondance 1944-1959

Joseph

L'affiche fait une cinquantaine de centimètres de largeur sur soixante-dix de hauteur. Personne n'a pris la peine ou n'a eu l'envie de l'encadrer, ne serait-ce que pour la mettre à l'abri de la poussière. En l'observant depuis près d'un gros quart d'heure, je ne peux pas dire que cela me choque. Je crois même que plus on regarde cette affiche, plus on se demande s'il ne serait pas plus judicieux de s'en servir au prochain été pour démarrer un barbecue. Le fond est d'un jaune sans doute autrefois vaguement poussin et qu'on peut désormais ranger dans la catégorie chromatique des prélèvements urinaires de personnes en fin de vie. Le papier glacé s'est terni et les innombrables traces de doigts qui le maculent forment une constellation à laquelle aucun scientifique n'aurait envie de donner un nom, encore moins le sien. Les quatre morceaux de ruban adhésif qui la maintiennent au mur semblent affligés d'avoir fini ici. Aucun n'est de la même longueur, comme si leur présence aux quatre extrémités du poster les punissait d'une mauvaise partie de courte paille où tout le monde aurait perdu. Au centre de l'image, trois pots de fleurs en terre cuite parfaitement alignés dans lesquels ont été posés de minuscules bébés endormis. La photographe a profité de cet état de sommeil aux faux airs de coma et de leur méconnaissance des subtilités du droit à l'image pour les affubler de chapeaux ridicules supposés être des tournesols. Et ces trois enfants me font face, catapultés du monde animal vers celui du végétal, dans le seul but de décorer à moindre coût le mur défraîchi de la salle d'attente d'un service d'obstétrique.

En regardant attentivement ces petits paquets de chair endormis dans leur terre cuite, je me dis que ces enfants ont probablement été inconsciemment marqués à vie par cette séance photo. Désormais jeunes adolescents ils doivent passer leur temps libre à voler ou vandaliser des magasins de jardinage, mus par un sentiment de vengeance dont ils ne peuvent identifier l'origine. L'un d'entre eux souffre peut-être d'un trouble obsessionnel compulsif l'obligeant à piétiner tout ce qui ressemble de près ou de loin à un ficus. Tous les trois sont certainement victimes d'une rare intolérance psychosomatique à l'huile de tournesol dans un monde où l'allergie à la mode, c'est le gluten ou l'arachide. Le lactose à la rigueur, mais l'huile de tournesol, pff, la honte.

Je suis sur le point de prendre mon téléphone et de lancer une pétition sur Change.org pour interdire les photos de nourrissons dans les articles de jardinage lorsqu'on appelle mon nom.

*

À peine entrée dans la salle d'examen, une question fuse : « Alors, Juliette, toujours rien ? » Je regarde Monique d'un œil perplexe. J'ai envie de lui rétorquer : « Si, si, j'ai accouché ce matin pendant que le café coulait, tout s'est bien passé, j'ai même eu le temps de faire griller un peu de pain, en revanche, la tuile, il ne restait que du beurre doux, mais que voulez-vous, Monique, y a des matins comme ça… »

Monique est sage-femme. Monique est ma sage-femme. Monique est compétente, charmante, entre deux âges, et Monique pose parfois de drôles de questions depuis les presque neuf mois que nous nous fréquentons. La première, c'était à l'échographie de contrôle à cinq semaines. Avant de lancer les recherches, elle m'a regardée d'un air sévère et a dit : « À votre avis, il y en a combien ? » J'avais l'impression d'avoir Jean-Pierre Foucault devant moi, mais sans le pognon à gagner ni l'avis du public. « Bah on va dire un ? Un c'est bien, non ? Pourquoi, vous aviez quoi en tête de votre côté ? » Sans répondre, Monique avait commencé l'examen. Je sentais mon pouls au bout de chacun de mes doigts, de chacune de mes oreilles même s'il y en avait moins, et finalement jusqu'au bout de chacun de mes cheveux. Là, d'un coup, ça faisait beaucoup.

« Roulements de tambourrrrrr », avait ajouté Monique histoire de m'achever, avant d'appuyer sur un bouton qui monta le volume de l'appareil d'examen. Un fond sonore de battements cardiaques envahit la pièce. « Vous entendez ? » À cet instant précis, j'avais eu envie de crier à Monique que je prenais le 50/50, la réponse D, que j'étais même prête à appeler ma mère mais que je n'avais aucune idée du résultat, et qu'avec son jeu à la con elle me fichait en l'air ce moment pourtant précieux. Sans doute sensible au fait que la peau de mon visage prenait de plus en plus la couleur du mur derrière moi, Monique lâcha dans un sourire : « Y en a qu'un, mais il a de l'énergie comme douze ! » Je l'ai regardée et j'ai bredouillé : « J'imagine que c'est mieux que l'inverse. »

*

Même salle d'examen, trente-quatre semaines et des poussières plus tard, et cette nouvelle question absurde : « Toujours rien ? » Je suis assise devant Monique sur la petite banquette en Skaï recouverte d'une protection en papier essuie-mains, le ventre tellement énorme que je me demande si finalement ils ne sont pas vraiment douze là-dedans. Je suis habillée comme une personne dont la maison aurait été en train de brûler au moment où elle prenait sa douche et qui aurait enfilé n'importe quoi pour ne pas sortir nue. Mes chaussures ne sont pas lacées, mes chaussettes probablement dépareillées, et ce que je porte en guise d'écharpe ressemble clairement à une couverture.

« Non, Monique, toujours rien, que voulez-vous, cet enfant est probablement un réfugié politique par anticipation. Il a compris que l'extérieur est un piège dans lequel il ne faut pas se jeter. Ou alors il a un Alzheimer extrêmement précoce et il oublie chaque matin que c'est le jour de naître. Allez savoir. »

Mais nos dialogues restaient souvent coincés dans ma tête, histoire de ne pas compliquer le lien avec quelqu'un qui passait beaucoup de temps à mettre des choses ou des doigts dans mon corps. Une fois de plus, la phrase ne franchirait pas ma bouche ; je me contentai de lui sourire avec un soupçon de désespoir légèrement surjoué et finis par soupirer un très dispensable : « Non, toujours rien. »

Après un court examen, sorte de contrôle technique de tout ce qui se situait entre mon nombril et mes genoux, et qui ressemblait en tout point à celui que j'avais subi la veille et le jour d'avant, Monique me livra une nouvelle fois son implacable verdict : « Rien en effet. Sauf si coup de théâtre, on vous déclenche dimanche matin. On ne va pas passer le réveillon là-dessus, hein ? »

En évoquant le réveillon, Monique alimentait à son insu une plaisanterie qui courait depuis quelques jours au sein de mon entourage, au fur et à mesure que la date du terme approchait, puis qui s'était intensifiée maintenant que le jour J s'éloignait dans le rétroviseur. À force d'entendre mes parents et mes amies Suzanne et Colette me dire que ce bébé n'arriverait pas avant Noël, j'avais presque fini par le croire. Le dialogue imaginaire avec ma sage-femme reprenait : « Oui, Monique, je sais bien que c'est impossible, c'est à plus de six semaines après mon terme, oui, je sais que je ne fais pas partie de ces mammifères ayant une gestation d'un an, oui, Monique la plaisanterie consiste à sous-entendre que mon bébé sera comme moi, sa mère, toujours un peu à la bourre. »

Je souris de nouveau à ma sage-femme, nos regards se croisèrent comme tant de fois lors de ces trente et quelques dernières semaines, et soudain une impulsion parcourut mon corps. Pas une contraction, ç'aurait été trop beau, trop cinématographique, trop parfait et donc pas du tout mon genre. Non, simplement, d'un coup, j'ai eu envie de lui parler. Et pas pour de faux.

Était-ce cette fin de grossesse qui me donnait l'élan pour m'affranchir, était-ce le léger trop-plein d'hormones et l'impatience qui faisaient de moi leur marionnette ? Toujours est-il que dans l'instant qui suivit, je décidai d'ouvrir la bouche et de m'adresser à elle, pour de vrai.

Après tout, notre relation arrivait elle aussi à son terme, autant la pimenter un peu, comme ces couples qui tentent le tout pour le tout avant de se résoudre à la séparation. J'aurais pu débarquer avec des bas noirs et une bombe de chantilly, j'ai préféré lui parler de pachydermes. Parfois, la vie est faite de choix plus ou moins heureux.

*

« Le saviez-vous, Monique, dis-je pour capter son attention, dans le royaume animal, il y en a une qui a tout compris, c'est l'éléphante. Sa gestation dure vingt-deux mois. Elle prend son temps, elle ne presse rien. Je ne sais pas ce que vous en pensez, mais à mon avis on ne vantera jamais assez les qualités intellectuelles de cette créature qui a bien intégré qu'il fallait au moins six cents jours pour se préparer psychologiquement à la venue d'un enfant, avec ou sans trompe. »

Je poursuivis, imperturbable : « Tranquillement, l'éléphante a le temps de se faire à l'idée de devenir mère. Elle peut prendre plusieurs jours, plusieurs semaines même avant de l'annoncer au père, à sa famille, à ses amies, de toute façon entre nous, elle a un physique qui lui permet de le cacher pendant au moins un an et demi. Je vous le dis, Monique, l'éléphante a de loin la grossesse la plus idyllique du règne animal. » Puis, comme s'il y avait eu face à moi la moindre volonté d'argumentation, je terminai mon monologue d'un implacable : « Et je vous l'accorde, probablement l'un des accouchements les plus pénibles. »

Après un silence assurément moins long que mon ressenti, Monique haussa simplement un sourcil comme pour me signifier qu'elle m'avait entendue mais ne comptait pas me répondre. Fixant le plafond depuis ma petite banquette en Skaï recouverte de papier, je me demandai à cet instant précis si ma tirade sur les pachydermes n'aurait pas reçu meilleur accueil si, au moment où je l'énonçais, la main de ma sage-femme n'avait pas été à moitié dans mon corps à la recherche d'une potentielle dilatation.

*

Puis Monique m'aida à me rhabiller, consciente que si elle me laissait me débrouiller seule, je serais probablement encore en train de me battre avec mes chaussettes dépareillées le dimanche matin du déclenchement, voire toujours en train d'essayer de faire un double nœud à ma chaussure gauche le jour où l'on fêterait l'obtention du baccalauréat de mon fils. Et Monique n'avait pas que ça à faire. Elle avait d'autres patientes, des amis, une famille, peut-être même un chat ou deux (ou trois ?) à nourrir en rentrant ce soir après ses consultations. Alors qu'elle terminait de lacer ma chaussure, et histoire de ne pas me laisser sombrer dans le désespoir de celles qui sont sur le bord d'imploser, Monique me regarda et lança : « Et puis il n'est que 9 h 30, si ça se trouve vous l'aurez aujourd'hui, votre petit chat noir ! »

Pourquoi Monique traitait-elle mon futur ex-fœtus de créature portant la poisse ? Parce que sur le calendrier posé sur le bureau de ma sage-femme, calendrier presque aussi laid que le poster puériculture & jardinage, on pouvait lire la date du vendredi 13.

*

Je retournai à ma sage-femme un sourire aussi crispé que possible, pour qu'elle comprenne bien que contrairement à tout ce qu'elle avait plus ou moins introduit dans mon corps depuis que je la connaissais, cette blague ne passait pas. À quarante semaines et trois jours de grossesse, c'était désormais officiel, j'étais devenue incapable de respecter les moindres politesses d'usage, les blagounettes médiocres, les mots juste faits pour combler les silences, comme si un beau gros silence n'était pas la chose la plus précieuse du monde. D'un coup, je ne voulais ni ne pouvais plus faire l'effort de me montrer bien élevée, neutre, un poil centriste. Mon corps portait à ce moment précis plus de dix-huit kilos de trop, de rétention d'eau, de placenta, de chair de ma chair et probablement aussi de ces repas à la thématique pizza quatre fromages et brioche trempée dans du Coca. Mais, comme on nous l'a appris à l'école, dix-huit kilos de plumes ou dix-huit kilos de plomb, ça fait tout de même dix-huit putains de kilos. Trop de choses avaient gonflé, enflé, coulé de moi pour que je continue de traiter l'humanité avec une politesse respectueuse. C'est donc sans aucune préméditation que je rétorquai : « Monique, si vous pouviez éviter de me dire que j'ai un chat qui va me sortir de la chatte, je vous en saurais gré. »

Je trouvais important que le mot « gré » vienne équilibrer le mot « chatte ». J'aurais aussi pu opter pour un « cordialement » venant contrebalancer un « du cul ». Une prochaine fois peut-être. Comme je l'apprendrai au moment de gérer la péridurale, dans la vie comme dans une naissance, tout est affaire de dosage.

En guise d'accusé de réception, Monique se contenta de laisser échapper un léger haussement du sourcil droit avant d'ajouter : « On se tient donc au courant pour dimanche. »

*

En reprenant le bus qui me ramenait chez moi, j'ai pu constater mon degré de détresse apparent quand l'ensemble des passagers présents à bord me proposèrent leur place. Je semblais être arrivée à un point où même le chauffeur aurait pu me laisser la sienne sans que cela étonne personne. Une seule a toutefois suffi, malgré la taille de mon postérieur, et j'ai choisi la plus proche de l'entrée, histoire d'économiser chacun de mes gestes. Le siège était cependant un peu surélevé et il fallait m'y hisser. Les passagers ont pudiquement regardé ailleurs le temps que je fasse levier de mon propre corps pour réussir la manœuvre. Ça y est, j'étais enfin assise avec mon préadolescent dans le ventre, et profitai de ce moment de calme pour donner des nouvelles à son futur père. Récupérer mon téléphone dans la poche arrière de mon jean fut là aussi un défi. Je sentis une goutte de sueur me glisser le long de la colonne vertébrale. Quand on a dépassé son terme de plus de trois jours, et plus globalement vécu les quarante semaines d'une grossesse, on se défait, en plus de la politesse d'usage, d'un certain nombre d'autres choses, dont la honte ou l'embarras. On devient une sorte de créature pragmatique, concentrant son énergie à aller d'un objectif A à un objectif B, lequel peut s'avérer aussi proche que la poche arrière d'un jean menaçant à tout moment de se déchirer sous la pression d'un cul qui n'en finit pas de grossir. Mon iPhone en main, je tapai :

« Sors du RDV avec Monique. Ton fils a commencé à meubler à son goût l'intérieur de mon utérus. Faudra peut-être envisager de l'enfumer pour qu'il sorte. Sinon RAS. Et toi, tout va bien ? On s'appelle tout à l'heure ? Bisous. »

*

Laissant mon esprit se balader le temps d'atteindre mon arrêt, je me surpris, compte tenu de mon état et de l'arrivée imminente de mon enfant, à penser à l'un des phénomènes les plus fascinants dans l'histoire de la biologie humaine : le déni de grossesse. Tout le rendait absolument incroyable à mes yeux. D'abord, il peut toucher n'importe quelle femme tout au long de sa vie. Jeune, au bord de la ménopause, nullipare ou détentrice d'une carte famille nombreuse, riche, à découvert, fan de Loana ou spécialiste de Rilke, le déni de grossesse a les yeux bandés et frappe au hasard. Ce qui le rend si prodigieux, selon moi, c'est qu'il illustre parfaitement le fait que le corps et l'esprit ne sont pas une entité mais des voisins de palier, tous deux capables de vivre leur vie tranquillement sans jamais se croiser ni se préoccuper l'un de l'autre. Le corps peut tranquillement s'affairer à construire cellule par cellule un enfant sans que l'esprit en soit informé ni ne réagisse, parfois jusqu'au jour de l'accouchement. En général, la conscience se sent un peu trahie par le corps, comme le voisin du dessus en voudrait à celui du dessous de transformer son appartement en duplex sans l'en informer. Ce qui peut se comprendre.

Dans mon cas, il faudrait plutôt parler d'un déni de déni de grossesse. J'ai tant désiré être enceinte que je me suis imaginé porter un enfant des dizaines de fois, à la moindre seconde de retard dans mon cycle hormonal. Il m'est même arrivé de souhaiter que mon ventre soit le théâtre d'une de ces mauvaises communications entre le corps et l'esprit. Je me disais qu'il me jouait un tour, et que sous mon nombril se cachait un enfant en train de grandir tranquillement, à l'abri des hésitations et des précautions de son futur père. Cet enfant, comme sa mère, n'en ferait qu'à sa tête et aurait décidé de surprendre tout le monde en débarquant tout prêt, créant un effet à situer quelque part entre le miracle de la nativité et la livraison en un jour ouvré.

Je crois que, dès le tout début de mon histoire avec Jérôme, j'ai, chaque mois, espéré être enceinte. Bien sûr c'était la conséquence de notre amour, un amour adulte, bien loin des histoires de mon adolescence ou de celles vécues plus tard. Elles ne duraient jamais très longtemps, ces histoires, je m'attachais trop et trop vite, et toujours à la mauvaise personne. Moins un garçon voulait être avec moi, plus je lui courais après. Il avait fallu attendre vingt-huit ans et ma rencontre avec Jérôme pour supporter d'aimer et d'être aimée correctement. Et pour la première fois, l'idée de construire une famille devenait un peu concrète. L'amour fou qui d'emblée nous a accompagnés, ajouté à la légère pression sociologique subie par les femmes qui arrivent à la trentaine, avait aussitôt éveillé mon désir d'enfant. Trop tôt, sûrement, en tout cas trop tôt pour Jérôme.

Même très amoureux, il n'en voulait pas, et sûrement pas si vite. Il voulait une vie à deux, une vie libre, un peu égoïste. Peut-être par crainte de tout voir changer et de nous retrouver, comme les couples autour de nous, plongés dans la routine monotone de ceux qui ont fondé une famille ? Peut-être n'avait-il pas envie que nos échanges se résument à :

« T'as acheté les lingettes, hein ? »

« Oui, oui. »

« T'as bien pris les bio, hein ? »

« Euuuuh... »

« Nan, hein ? »

« Je sais pl... »

« Putain mais on peut rien te demander, merde, hein ! »

Alors j'ai attendu patiemment que mon amoureux change d'avis tout en continuant à l'aimer le plus fort que je pouvais, peut-être chaque jour un peu plus, pour lui prouver que, quoi qu'il arrive, cela ne changerait pas. J'ai attendu, en espérant que ce serait l'affaire de quelques semaines. On s'aimait si fort, il ne pouvait pas en être autrement.

Puis les semaines sont devenues des mois.

Je suis restée la petite poupée pleine d'amour, qui ramasse les chaussettes avec le sourire, qui prévoit toujours une bouteille de blanc au frigo, qui pense à acheter des fleurs fraîches chaque semaine, parce que ça fait joli sur la table du salon même si ça nous ramène toutes les mouches du quartier ; une poupée qui reste imperturbablement la même, du lundi au dimanche, sans faillir.

Et puis les mois sont devenus des années.

Chaque poussette croisée dans la rue prenait des allures de gros sel sur une plaie ouverte. La terre entière semblait tomber enceinte, les amies proches, les moins proches, les filles sur Facebook, les stars sur Instagram. Chaque fois l'impression d'une gifle aller-retour. Elle est enceinte, « bim », pas toi, « boum ».

Et je prenais tout ça avec le plus grand sourire que je pouvais afficher, pour ne surtout pas montrer la moindre souffrance, car la souffrance, ce n'est pas sexy et ça ne donne à personne l'envie de vous féconder.

Cette espèce de rictus de douleur cachée s'est transformé en une ponctuation sociale, un compagnon de route auquel j'avais presque fini par m'habituer, jusqu'au jour où j'ai fait pipi sur un bâtonnet en plastique vendu 9,90 euros en pharmacie.

*

Je crois que le jour où j'ai su que j'étais enceinte, j'ai vraiment pris conscience de ce que je m'étais infligé pendant ces années. Tout le poids de ce que j'avais enduré, sans rien montrer, avec mes larmes sèches, sans en parler à quiconque, tous ces « oh, on a bien le temps, on profite ! » que j'ânonnais comme une actrice de publicité pour les yaourts, tout ça m'est remonté, car tout ça était fini. Mon corps a lâché, enfin. Mes jambes sont devenues du coton, mes yeux ont versé ces litres de larmes qu'ils avaient eu tant de mal à retenir, mon cœur a enfin pu se regonfler et reprendre sa forme normale, délivré du déchirement qui le menaçait un peu plus de mois en mois. J'étais là, quasi allongée sur le tapis de ma salle de bains, incapable de bouger d'un centimètre supplémentaire. Je me faisais l'effet de ces otages qui s'effondrent sur le tarmac de l'aéroport de leur pays quand ils aperçoivent leur famille, parce qu'ils prennent tout à coup conscience que leur calvaire est terminé, qu'ils sont de nouveau libres, pour de vrai.

En découvrant ces deux petits traits qui pourraient évoquer les barreaux d'une prison, moi j'ai vu une porte qui s'ouvrait enfin et mettait un terme à des années de captivité.

*

Quelques heures avant de finir allongée sur mon tapis de bain et voulant confirmer l'intuition que mon retard de règles (un vrai, de cinq jours) avait créée, j'avais donc décidé de faire un passage par la pharmacie du coin de ma rue. En y entrant, j'espérais tomber sur la même dame que d'habitude, celle qui m'avait tant de fois vendu ces tests dans leur boîte en carton blanc et rose. Elle devait me plaindre, à force. Acheter un test une fois ou deux, c'est normal dans la vie d'une femme adulte, un peu émouvant même. Mais quand le rythme monte à un toutes les huit semaines environ, on tombe dans le tristounet de la stérilité ou le pathétique de la grossesse nerveuse. Il m'arrivait de courir à la pharmacie quand j'avais deux heures de retard. Pas deux jours, deux heures. Parfois avant même la moindre démonstration de décalage dans mon cycle hormonal, juste parce que j'y croyais très fort et qu'un point de douleur sous le nombril pouvait, selon mes recherches sur Internet, correspondre à une implantation d'embryon, étayant ainsi ma certitude du moment. Car la nature est facétieuse avec les trentenaires aux envies de maternité : les symptômes d'un début de grossesse sont à peu près les mêmes que ceux de l'arrivée imminente des règles. Tout est sujet à double interprétation pendant quelques heures, voire quelques jours, et je suis sûre que, tandis que j'espérais les signes d'une grossesse, aux quatre coins du globe d'autres femmes aux mêmes symptômes priaient pour qu'il s'agisse d'un simple syndrome prémenstruel. Tous les vingt-huit jours sur cette planète, les femmes sont les participantes involontaires d'un jeu de pile ou face, avec plus ou moins de suspense. Je n'ai pas compté exactement combien de fois j'ai joué et perdu, mais je m'étonne encore d'avoir pu penser pendant toutes ces années que j'avais une chance de gagner.

J'ai voulu faire confiance à la vie, j'ai cru qu'elle déciderait pour nous, se battrait contre les statistiques et les méthodes de contraception, et que mon vœu le plus cher se réaliserait juste parce que j'y penserais assez fort et assez longtemps.

Ce n'était pas la pharmacienne habituelle qui se trouvait derrière le comptoir mais un jeune stagiaire qui ne m'était d'aucune utilité dans le déroulé émotionnel de cette journée. Il ne savait pas et ne pouvait pas savoir ce que cet achat signifiait pour moi. En l'observant chercher sans la trouver la boîte au rayon des pommades pour soigner les crevasses au pied, je me dis que ce jeune homme n'était pas très dévoué à sa tâche. J'aurais pu lui demander en larmes la dose létale d'aspirine pour ma corpulence, il aurait à peine levé la tête en marmonnant : « Comprimés ou sachets ? » N'ayant aucune envie que cette espèce de pré-adulte soit le premier souvenir de l'album mental de mon début de grossesse, je tournai les talons sans un mot, le plantant devant ses tubes de dentifrice au fluor. Une autre pharmacie se trouvait un peu plus loin sur le boulevard, marcher dans le froid était le prix à payer pour croiser un regard bienveillant et entendu. Un de ces regards quasi maternels que l'on passe sa vie à chercher dans les yeux de toutes les personnes que l'on croise aux moments importants de sa vie, qu'il s'agisse de l'examen du permis de conduire ou d'une analyse d'urine.

*

J'avais presque envie de lire en entier la notice d'utilisation pliée trente-deux fois sur elle-même pour faire durer le plaisir d'un faux suspense. Le test urinaire aurait pu être positif sans que j'aie besoin de le sortir de l'emballage, juste par contact visuel, tant j'étais sûre de moi, mais j'ai quand même accompli le rituel. Je suis rentrée à la maison, j'ai enlevé doucement mon manteau, pris le temps de répondre à un message sur mon téléphone. Geste après geste, j'effectuais une sorte de pantomime de celle qui s'apprête à vivre la surprise de sa vie. C'était comme au théâtre, comme si cette scène avait de potentiels spectateurs qu'il ne fallait surtout pas décevoir en éventant le verdict.

Alors j'ai joué pour eux, j'ai joué pour le public à l'intérieur de ma tête. Je suis entrée dans la petite pièce, repeinte en aubergine un jour d'ennui, où se trouvaient les toilettes. En ce mardi matin, je le savais, j'étais enceinte, je n'avais pas besoin d'urine pour me le dire, mais je voulais tout de même accomplir ce cérémonial et cette fois sortir gagnante au jeu de la roulette de la fécondité.

J'ai allumé la lumière, relevé le rabat de la cuvette laissé baissé par Jérôme. Je n'ai même pas râlé contre cette habitude exaspérante de sa part. La plupart des hommes ne rabattent pas la lunette, lui rabat tout, me laissant parfois interdite, les fesses posées sur une plaque de plastique froide, surprise à un moment où je n'ai jamais envie de l'être.

À cet instant précis, en ce mardi matin, rien ne pouvait me surprendre. Je défis les boutons de la braguette de mon pantalon, le fis glisser en compagnie de ma culotte le long de mes cuisses jusqu'à mes chevilles pour permettre à la suite de l'action de se dérouler sans incident ni éclaboussure. On peut être à peu près certain que c'est un homme qui a inventé le test de grossesse tant il est peu pratique à utiliser pour une femme. Mais là encore, toute cette matinée était comme une partition mille fois parcourue dans ma tête, et je n'ai eu aucun problème à exécuter cette acrobatie, sans broncher.

« La lecture se fait à plat, au bout de deux minutes », disait le mode d'emploi. Deux minutes pour mon public, deux minutes pour feindre toutes les émotions qui traversent l'esprit *des autres* à cet instant. Le minuteur de mon téléphone, un chant de canards sauvages, se mit à retentir dans la petite pièce peinte en aubergine. Si le choix de sonnerie était involontaire, il eut le mérite de me sortir un instant de mon rôle. Des cigognes, pourquoi pas, mais des canards ? Je pouffai d'un coup, par le nez, et retournai le bâtonnet aux couleurs niaises.

Deux barres bleues. Presque fluo tellement le produit avait réagi fort. Aucun doute sur l'interprétation du résultat. J'étais enceinte, l'urine avait parlé, et j'aimais ce qu'elle avait eu à me dire.

J'ai remballé le test, la boîte et le mode d'emploi dans le sachet en papier de la pharmacie, je suis allée dans la salle de bains, j'ai ouvert le tiroir à chaussettes de ma commode et je l'ai englouti sous une dizaine de paires plus bariolées les unes que les autres. J'ai marqué un temps face à ce spectacle et me suis fait la réflexion à voix haute :

« Ce ne sont pas des chaussettes de mère de famille, ça. »

*

Le lendemain, je me rendis au laboratoire d'analyses à dix minutes de marche de chez nous. Je déambulais, et chaque personne, chaque arbre, chaque pigeon que je croisais avait droit à son regard de « Vous allez voir, je suis *vraiment* enceinte. »

Parvenue au comptoir d'accueil, là où d'habitude on montre un papier à en-tête et sa carte Vitale, je tendis le test rose et blanc. Un peu interloqué, le réceptionniste me jeta : « Et vous avez une ordonnance ? », comme si j'étais affectée d'une maladie un peu honteuse, mais heureusement remboursée par la Sécurité sociale.

Hors de question de le laisser s'inviter, lui aussi, tel le stagiaire de la pharmacie, dans les premières pages du roman mental de ma grossesse. Alors j'ai simplement souri en lui donnant ma carte bancaire. Il a grommelé : « Bah, ça sera plus cher du coup », comme si là encore il s'agissait d'un dépistage pour confirmer une blennoragie. « Ça les vaut », ai-je répondu dans un sourire qui ne laissait de place à aucune réponse.

Par chance, c'est une femme, avec son potentiel regard maternel, qui a effectué la prise de sang et, un peu plus tard dans la journée, m'a remis l'enveloppe confirmant ce que l'urine avait déjà dit haut et fort. La technicienne de laboratoire, dame élégante aux faux airs de Dominique Lavanant dans *Les bronzés font du ski*, plus habituée à contrôler les taux de sucre, de gras, ou les deux dans le sang des gens qu'elle croise chaque jour, m'a dit dans un sourire sincère quoique contenu : « Félicitations. » J'ai regardé l'enveloppe, lu le taux d'hormones confirmant ma grossesse et j'ai répondu : « De rien. »

À ce jour je ne comprends toujours pas pourquoi.

*

En sortant du laboratoire et malgré l'air un peu froid de ce début du mois de février, j'ai laissé mon manteau ouvert, mon ventre apparent ou plutôt mon absence de ventre apparent, à la vue de tous. Tout au plus, on pouvait y trouver les restes des excès des fêtes de Noël et de la période fatale de la galette des Rois. Cette courte déambulation dans les rues de mon quartier prenait des faux airs de rite de présentation, un peu comme dans la scène d'ouverture du *Roi Lion*, mais sans le singe, ni le rocher, ni les gnous. C'était comme si les quelques pâtés de maisons jusqu'à chez moi s'étaient transformés en un royaume dont j'étais la monarque et qu'il me faille dès cet instant présenter mon futur héritier, celui qui, un jour, prendrait ma relève. Même si l'héritier en question ne mesurait à cet instant précis pas plus que la taille d'un grain de pavot, ce qui peut paraître gros quand on en a un coincé entre deux incisives, mais qui est en fait extrêmement petit au creux d'un ventre.

Plus rien n'était comme avant, et de nouveau chaque personne, chaque arbre, chaque pigeon que je croisais avait droit à son regard de « Je vous l'avais bien dit ». Je ne fermai pas mon manteau malgré ce vent froid et cette espèce de petite pluie fine, collante et dégueulasse qu'on se prend souvent en pleine face pendant l'hiver.

*

À peine rentrée à la maison, trop pressée de relire les résultats du laboratoire, j'avais à peine eu le temps d'enlever mon manteau qui traînait maintenant en boule à mes pieds. J'en étais au point où la quinzaine de relectures du document A4 m'avait presque permis d'apprendre par cœur le numéro de leur ligne de fax quand le bruit d'une vibration provenant de la poche de mon manteau m'indiqua l'arrivée d'un message. C'était Jérôme, qui non seulement ne savait pas encore ce qui nous arrivait, mais ignorait que nous étions dans la période où l'on devait guetter un signe ou un autre. Jérôme avait accepté de faire un enfant, le reste ne l'intéressait pas, parfois même l'agaçait. Ayant grandi avec des parents assez pudiques sur ces sujets-là, l'homme que j'aimais n'était pas prédisposé à se passionner pour le fonctionnement du corps de la femme. Il aimait le mien, bien sûr, en connaissait chaque recoin et les désirait tous, mais hors de question pour lui, à ce moment-là de notre histoire, d'aborder des sujets comme la durée de vie d'un ovule une fois expulsé dans la trompe de Fallope ou le rôle joué par la glaire cervicale dans la conception d'un enfant. Sans être un dinosaure moyenâgeux ni un odieux rétrograde, Jérôme était persuadé qu'il s'agissait là tout bonnement de discussions de gonzesses. Qui aurait pu penser que quelques mois plus tard il serait incollable sur l'étude du bouchon muqueux en cas de début de travail ? J'attrapai le téléphone et découvris son message.

« Je sors du boulot, bien envie d'une bière. Et d'une clope. Et de toi. Mais d'abord la bière et la clope. On se retrouve en terrasse dans vingt minutes ? »

Je restai de longues secondes le regard vide sur l'écran de mon téléphone qui avait fini par se remettre en veille. Mais les mots de Jérôme restaient imprimés sur mes rétines. Le futur père de mon futur enfant venait de me plonger dans une angoisse qui, elle, était bien ancrée dans le présent. Cinq phrases qui venaient de faire défiler sous mes yeux toute notre vie à deux, celle que nous n'aurions bientôt plus.

« On se retrouve en terrasse dans vingt minutes ? »

Je ne pouvais désormais plus boire.

Ni fumer.

S'asseoir en terrasse, été comme hiver, et refaire le monde jusqu'à la fermeture en enchaînant autant d'alcool que de tabac était le pilier de notre histoire. C'est comme ça qu'elle avait commencé et comme ça qu'elle avait continué. Chaque soirée passée à parler jusqu'à être les derniers clients était notre cure de jouvence, notre assurance de ne jamais devenir un couple chiant, car tout recommençait comme au premier jour. Nous avions bien sûr évolué pendant toutes ces années, mais quelle chance nous avions de pouvoir sans cesse revisiter notre toute première soirée ! Tout ce qu'il nous fallait, c'était une table, deux chaises, deux bières et quelques cigarettes, puis un paquet acheté à prix d'or au comptoir, car on sous-estimait toujours le fait que plus on fume plus on boit, et que plus on boit plus on fume.

Peu importaient la météo ou la ville où nous nous nous trouvions, le tour de magie fonctionnait toujours. Seulement voilà, mon grain de pavot au creux du ventre, la perspective d'aller en terrasse me geler des miches à peine réchauffées ne me disait franchement rien. Je ne me sentais plus la moindre envie de revivre notre rencontre, si douce fût-elle.

*

C'était à la fin de l'été, presque sept ans plus tôt. Il flottait dans l'air et les esprits cette douceur que seule rend possible la fin du mois d'août. Ce petit espace-temps qui dure quelques jours entre le retour des vacances et le moment de la rentrée. Cette espèce de dernière parenthèse de légèreté avant de repiquer pour onze mois de rendez-vous, de métro au trafic ralenti pour cause de régulation, de boîte mail saturée et d'impôts locaux à payer. Ces quelques jours sont un répit, et je crois le meilleur terreau pour faire pousser l'amour.

Je prenais un verre avec des amis, un peu par hasard, Jérôme est passé devant le bar, lui aussi par hasard. On se connaissait à peine et pourtant on s'est reconnus tout de suite, comme de vieux amis. Il nous a rejoints, simplement, laissant en plan le dîner vers lequel il se rendait. Comme si tout à coup plus rien d'autre n'existait que cette table et ses six tabourets à la terrasse de ce bar près de la place de la République, tel un nouvel écosystème que l'on ne compte plus quitter. Il avait fallu tout de même se décider à partir à un moment donné, mais j'ai toutes les peines du monde à me souvenir de l'heure qu'il était, si elle était raisonnable ou non. Elle ne l'était probablement pas. Je me souviens juste que Jérôme prenait un train très tôt le lendemain matin, mais que la perspective de raccourcir sa nuit en commandant de nouvelles bières n'avait pas l'air de l'émouvoir, et ça m'avait plu. Notre histoire n'a pas commencé à ce moment précis, lors de ce verre en terrasse. Nous ne nous sommes même pas rendu compte que nous venions de tomber amoureux. Nous ne nous sommes pas embrassés, n'avons pas échangé nos numéros et n'avons pas non plus prévu de nous revoir. Peut-être savions-nous que ce n'était pas la peine de planifier quelque chose qui de toute façon allait arriver. Que c'était écrit et qu'il nous fallait continuer à vivre nos vies en attendant de les faire se recroiser, pour de bon cette fois.

J'étais sur le point de lui écrire que ce soir je préférais rester au chaud, que je devais couver un truc et que fumer dans les courants d'air n'était pas forcément une bonne chose quand mon téléphone s'est remis à vibrer.

« En fait j'ai été plus rapide que je pensais, je suis déjà installé à la petite table près de la porte. T'es en route ? Je te commande quoi ? »

J'ai été tentée de lui répondre, « Ça dépend, tu veux un enfant un peu, beaucoup ou passionnément débile ? », mais je me suis dit que c'était probablement la pire façon d'annoncer à un homme qu'il allait être père, toutes catégories confondues. À la place, j'ai saisi d'une main mon manteau toujours en boule par terre, et en le remettant, j'ai tapé sur l'écran tactile de mon téléphone :

« Comme d'hab. Je pars maintenant, là dans cinq minutes. Bisous. »

*

Le temps de reboutonner mon manteau, j'étais dans la cage d'escalier. En descendant les étages, j'observai cette peinture écaillée croisée mille fois et pensai, « Ça doit être bourré de plomb cette merde », puis, continuant à balader mon regard, je m'arrêtai un instant sur la moquette, elle aussi mille fois piétinée par les chaussures des habitants de l'immeuble. « Nid à acariens, ce truc. »

Pour la première fois, mon grain de pavot bien caché, je le trouvais bien dangereux cet escalier. Je n'étais pas arrivée en bas que je faisais ce constat implacable : « Il faudra déménager avant l'arrivée de cet enfant. » Ce que nous n'avons bien sûr pas fait.

Une fois dans la rue, je pianotai sur Google « alcool+grossesse+risques+fœtus » et tombai sur des forums qui me laissèrent entrevoir que, si l'alcool est mauvais pour le bébé, en porter un rend les mères profondément stupides, au point de faire l'économie des voyelles et de n'appeler leur progéniture que « BB ». Cette perspective ne me réjouissait guère. Je ralentis l'allure pour avoir le temps de trouver quelque chose qui ressemblerait à une information, histoire de m'éclairer. L'idée était d'y parvenir avant d'arriver au coin de la rue et de tomber nez à nez avec le futur père du paquet de cellules dont je m'apprêtais à potentiellement altérer les capacités mentales. J'orientai finalement mes recherches vers des sites médicaux et eus juste le temps de lire que lors des trois premières semaines de grossesse, l'embryon n'est pas directement relié à la mère et d'envisager que je pourrais boire 25 cl de bière sans le payer toute ma vie. Un autre site d'une union de gynécologues québécois confirmait qu'à l'inverse de son existence ex utero, l'embryon commençait par être totalement indépendant avant de ne plus rien pouvoir faire sans l'aide de sa mère, et ce jusqu'à ses dix-huit ans minimum. La dernière partie n'était pas précisée, mais je complétai moi-même l'information.

Je fermai la page de recherche et verrouillai mon téléphone juste au moment de me pencher pour embrasser Jérôme qui m'attendait avec ma dernière bière de l'année.

*

J'ai décidé de lui annoncer la nouvelle le lendemain. Mille fois j'avais imaginé la scène, avant même d'être enceinte, avant même de le connaître, je crois. Une grande partie de ma vie avait été imprégnée de l'idée que j'aurais un jour des enfants et que ce jour-là, ce moment précis où j'annoncerais la nouvelle à leur père, serait beau, serait fort, serait plein de larmes de bonheur et de nez coulant, et ce sans négociation possible. Il ne faisait donc aucun doute pour moi que nous allions vivre avec Jérôme l'un des plus beaux moments de notre vie. Quitte à se moucher un peu dans les cheveux l'un de l'autre à un moment donné, mais qu'importe puisque l'on s'aimait et qu'on avait commencé à construire une vie sur cet amour. Ça supportait bien l'idée d'un peu de morve séchée au creux du cou.

Contrairement à tout ce que j'avais pu imaginer depuis ma puberté, ce fut finalement l'occasion d'une des pires disputes de l'histoire de ma vie amoureuse.

*

En début d'après-midi, je me dirigeais vers le Monoprix du quartier. La pluie collante de la veille avait laissé place à un soleil sec d'hiver, bas et froid. Je traversai le magasin en évitant volontairement le rayon layette au risque de tout y acheter et de passer, assez justement, pour quelqu'un d'excessif. Je fonçai sans regarder vers le rayon papeterie et me retrouvai devant le vaste présentoir des cartes pour toutes occasions. Elles étaient plus ridicules et laides les unes que les autres. Je me demandai si la parentalité ou la fréquentation d'enfants donnaient spontanément, par simple contact, un goût de chiottes, ou s'il fallait adopter des choix graphiques douteux pour se faire accepter par la secte des personnes s'étant reproduites. Des cigognes et des paillettes sur l'une, un chérubin dessiné avec les pieds sur une autre. Visiblement, pour la sobriété, il valait mieux être mort que bientôt né. Tout à coup, une carte sur laquelle on pouvait lire « Notre petit bout arrive bientôt » attira mon attention. Leur petit bout de quoi ?

« C'est une carte pour prépuce ? »

Je posai la question à la dame qui, sur ma droite, cherchait une carte d'anniversaire pour une petite fille de cinq ans aimant le rose, les paillettes et probablement les paillettes roses. Le mot « prépuce » lui fit lever les sourcils si haut qu'ils auraient presque pu toucher le faux plafond du Monoprix. Sans un mot, elle se dirigea vers les caisses en prenant soin de vérifier tous les trois pas que je ne la suivais pas.

Alors que je commençais à abandonner l'idée d'une annonce avec accessoires, je levai la tête vers un cube de Plexiglas. Il contenait une quarantaine de nœuds en bolduc métallisé de toutes les variations de couleurs possibles. J'y plongeai la main et tel l'enfant qui a repéré le seul M&M's bleu dans un bocal de 20 cm^3, je farfouillai à la recherche du nœud le plus kitsch et donc le plus parfait pour m'accompagner dans cette entreprise de communication conjugale.

Une fois le précieux ruban récupéré – il était encore plus beau sorti de son aquarium de présentation –, je m'avançai vers la caisse en face de moi et le tendis à une dame à lunettes qui le passa devant une machine à lecteur optique dans un « bip » sonore avant de me demander si j'avais la carte du magasin. Je fouillai dans mon porte-monnaie et la lui donnai. Elle posa sur moi un regard amusé ou agacé, je ne saurais toujours pas dire, et fit glisser le long du tapis roulant en ma direction ce qui s'avéra être ma carte Vitale. « Ça fera 4,95 euros. »

*

Sur le chemin du retour, je me suis dit qu'un peu de champagne ne ferait pas de mal : depuis la veille mon paquet de cellules ne s'était toujours pas connecté à mon réseau sanguin, et après avoir échangé 4,95 euros contre littéralement deux grammes de bolduc, je n'étais plus à une dépense près pour un si grand moment.

« C'est pour une occasion particulière ? » demanda le caviste en emballant la bouteille de blanc de blancs dans deux feuilles de papier de soie couleur craie. Je manquai de lui répondre : « Vous voyez bien que je suis enceinte d'un enfant de la taille d'une tête d'épingle depuis douze jours trois quarts, que j'ai un nœud en bolduc dans mon sac qui coûte le même prix que le caviar et que ça se fête, bordel », mais j'eus soudain peur de croiser un regard à mi-chemin entre celui de la dame de la caisse et celui de la dame du prépuce. « Non, rien de spécial. »

Dans mon ventre, je sentais mon enfant me juger. « Bah ça fait plaisir, on se divise tranquillement par multiples de deux, on se donne du mal pour rester bien accroché, tout en faisant gaffe de ne pas boire de la bière à travers la muqueuse utérine et derrière, ça fête "rien de spécial". SU-PER. »

Soucieuse de ne pas entrer en conflit avec ma progéniture moins de deux semaines après sa conception, je posai la main sur mon ventre au moment de payer et accompagnai le geste d'un sourire tendre. « En fait, c'est pour annoncer une bonne nouvelle. » Le caviste me rendit ma carte bleue en ponctuant d'un : « Vous savez, l'alcool c'est très mauvais pour les femmes enceintes. Bonne fin de journée. N'oubliez pas votre reçu. »

*

Je grommelai sur tout le chemin du retour, « De quoi il se mêle, cet abruti, si j'ai envie d'avoir un débile qui bavera sur mes pulls et bouffera des Lego toute sa vie, c'est mon droit, non ? Putain, cinquante ans de féminisme acharné pour se retrouver avec un connard qui vend du vin biodynamique de mes trompes et donne des conseils de vie d'enfoiré, merci bien, c'est pas toi qui aurais signé le manifeste des 343, tête de nœud. » Je m'arrêtai net au coin du boulevard et j'eus tout à coup l'envie irrépressible de faire demi-tour, de revenir devant sa boutique de merde, de pousser sa porte de merde, d'en faire tinter la cloche de merde, d'éparpiller cinq ou six caisses de ses bouteilles de merde, d'arriver derrière son petit comptoir de merde, de l'attraper par le cordon de son tablier de caviste de merde et de hurler dans ses oreilles de merde : « À douze jours trois quarts de grossesse, tête de bite, je peux me faire un rail de coke sur le cul d'une pute que ça ne ferait aucun mal à l'enfant pour la simple et bonne raison qu'il n'est pas encore relié à mon organisme. » Et histoire de finir en beauté, j'enfoncerais la totalité des reçus de carte bleue de sa journée au fond de sa gorge de merde en passant par son nez. De merde.

Puis je me suis souvenue que j'avais un nœud en bolduc à 4,95 euros qui attendait d'être posé sur mon nombril et un Jérôme qui attendait sans le savoir d'être surpris et que ça serait dommage et pas très pratique de se retrouver en garde à vue au même moment. Alors j'ai repris mon chemin vers la maison en songeant que si mon enfant était à ce moment-là grand comme la pointe d'une aiguille, mon taux d'hormones, lui, semblait déjà aussi lourd qu'une botte de foin.

*

Jérôme n'était pas encore arrivé. Je traversai l'appartement en vitesse jusqu'à la cuisine et rangeai la bouteille de champagne dans la porte du frigo afin qu'il rafraîchisse un peu, car le caviste était plus fort pour les leçons de morale et de gynécologie que pour vendre des boissons à bonne température. J'ouvris le sac contenant le nœud en ruban et l'emportai avec moi dans la salle de bains.

La soirée de la veille avait été calme, douce même, et je savais que Jérôme n'avait pas la moindre idée de ce que je lui préparais pour celle-ci. Il s'était à peine étonné que je ne prenne qu'une bière, et s'était montré assez convaincu par mon argument, « Nan mais attends, tu sais que caloriquement c'est comme du pain liquide, ce truc. On sort à peine des fêtes, faut que je me calme. » Encore un truc de gonzesses, avait-il dû penser.

Devant le miroir de la salle de bains, je soulevai mon pull pour faire apparaître la peau sous mon nombril. Je restais un moment devant ce ventre qui, à ce stade, n'avait pas grand-chose à montrer. Je repensais à toutes les fois dans ma vie et surtout à la fin d'adolescence où j'avais pu entendre la phrase « Rentre ton ventre » dans la bouche de ma mère. C'était une obsession chez elle à l'époque. La question n'était pas de se tenir droite ni d'entretenir une posture bonne pour le dos, non, il fallait juste cacher tout ce qui pouvait trahir un début d'embonpoint. Seulement, d'aussi loin que je me souvienne, j'ai toujours eu un peu de ventre. Petite, j'avais même attribué à cette partie de mon corps la fonction de doudou plutôt que d'opter pour une peluche d'ours ou de lapin comme les autres enfants. Je posais la main dessus pour m'endormir. C'était doux, c'était chaud, j'étais mon propre doudou, une enfant autonome, en somme.

Trente ans plus tard, j'avais éprouvé une grande émotion en observant, dès les premières nuits passées ensemble, que Jérôme y posait lui aussi la main au moment de s'endormir. Bien sûr, cette main me parut parfois cruelle, collée sur un ventre vide. Alors que toute ma vie on m'avait intimé d'avoir le ventre plat, je ne rêvais secrètement qu'à un ventre plein.

*

Je saisis le nœud et le retournai afin de décoller le petit opercule permettant de dégager la partie autocollante. Je regardais dans le reflet du miroir pour déterminer où le placer. Mais j'entendis la clef dans la serrure et sans réfléchir le collai juste à gauche du nombril, condamnant probablement cet enfant à devenir communiste. Puis je rabaissai mon pull vite fait en me dirigeant vers l'entrée. Jérôme était en train d'essayer d'ôter son écharpe, kit mains libres incrusté dans les oreilles, visiblement sur la fin d'une discussion professionnelle tendue.

« Ah bah tu sais quoi ? Tu lui dis qu'on l'emmerde. Y a un moment où ça va, les conneries, non ? On bosse sur le sujet depuis des mois, il va pas commencer à nous donner des leçons non plus ! »

Il continuait de se battre avec le long morceau de laine qui s'était enroulé comme un monstre marin autour de son cou.

« C'est comme ça, pas négociable, et s'il est pas content, dis-lui qu'on sera ravis d'aller proposer ça à la concurrence. Voilà, bon, écoute, je dois te laisser là, je suis en train de me faire étrangler par ma propre écharpe, on s'en reparle demain mais vraiment lâche rien avec un con pareil ! »

J'avançai vers lui pour le faire sortir de ce piège. J'aurais pu le faire quelques instants plus tôt, mais lorsque Jérôme était au téléphone, je respectais une ligne invisible, comme à la banque ou à la Sécurité sociale. Les écouteurs toujours en place, il m'embrassa tout en me demandant : « Ça va ? », ce qui fit résonner ces deux mots de façon assez désagréable dans mon nez et mes sinus. Ne voulant pas que la soirée soit monopolisée par son problème professionnel, je ne lui retournai volontairement pas la question et me contentai d'un mielleux : « Toujours quand tu es là », auquel je savais bien qu'il n'y avait rien à répondre à part un sourire et un autre baiser.

« Tu veux boire quelque chose ? » enchaînai-je, tout en me dirigeant d'une démarche faussement sereine vers la cuisine. Je n'avais qu'une crainte, c'était que le nœud se décolle et décide de tomber entre mes jambes, faisant « poc » sur le sol et me laissant là, interdite.

Heureusement, mon accessoire semblait bien collé et j'ai pu tranquillement marcher vers la cuisine, récupérer la bouteille sans abîmer le nœud en me penchant délicatement vers le bas du frigo, et revenir dans le salon en continuant de parler à Jérôme. « Ça tombe bien que tu aies soif… », commençai-je en arrivant dans l'encadrure de la porte, la bouteille cachée dans le dos. Mais avant que j'aie pu finir ma phrase, Jérôme la termina d'un : « Ah ouais, une bonne bière en terrasse, là, et des clopes, ça me fera le plus grand bien. Laisse-moi deux minutes, je passe aux toilettes et on y va. »

Je n'ai pas eu le temps de rétorquer quoi que ce soit que Jérôme s'était déjà levé, m'avait contournée comme un plot pendant une manœuvre de créneau à l'examen du permis de conduire, et avait atteint la porte des toilettes.

Je me retrouvais là, en sandwich entre mon nœud et ma bouteille, incapable de savoir quelle était la marche à suivre à cet instant précis. Je ne voyais pas comment j'allais pouvoir accueillir Jérôme à sa sortie des toilettes avec du champagne, l'effet ayant cent pour cent de chances d'être totalement raté, voire même incongru. « T'as fait pipi ou caca ? On s'en fout, POP ! Champagne ! »

Non, la scène ne pouvait pas, ou plus, se dérouler ainsi, si loin de ce que j'avais imaginé. J'avais une partition en tête, faite de cri de surprise, de larmes de joie et de baisers passionnés. Rien qui laisse la moindre place au bruit d'une chasse d'eau ou au pschitt d'un aérosol fraîcheur « Promenade en Sicile ». Je décidai de m'asseoir sur le canapé en attendant que Jérôme termine de faire ce qu'il avait à faire. Sous mon pull, les 4,95 euros de bolduc commençaient à me gratter.

*

Assise sur le canapé, je n'avais tout à coup plus du tout envie de faire ma grande annonce. Je me sentais même un peu gourde d'avoir passé toute la journée à prévoir le déroulé quasi militaire de l'événement pour le voir dérailler en dix-sept secondes. Les minutes défilaient, je me refusais à imaginer ce qui pouvait se produire de l'autre côté de la porte des toilettes, priant pour que Jérôme soit en train d'écrire un message à son collègue lui annonçant qu'il avait trouvé une autre stratégie afin de court-circuiter le chef récalcitrant. Mais je ne pouvais pas m'empêcher de me dire que le futur père de mon enfant était peut-être tout simplement constipé ou avait mangé à midi un truc qui ne passait définitivement pas, et je n'étais pas sûre de vouloir associer à jamais les difficultés de transit au miracle de la vie.

Je mis à plat la situation, raisonnai aussi calmement que possible. Le champagne pouvait très bien rester au frigo un ou deux jours de plus. Sa présence n'éveillerait aucun soupçon, il suffirait de mentir si Jérôme s'en étonnait, « Euh ça fait des mois qu'elle est là, cette bouteille, super sens de l'observation, t'as déjà pensé à être flic, Columbo ? » et l'affaire serait réglée. On a bien le droit d'avoir une bouteille de champagne au fond du frigo coincée entre un vieux bocal de cornichons et un morceau de mimolette en cours de décomposition, comme ces dispositifs d'alarme incendie, on pourrait même y apposer un petit écriteau : « En cas d'urgence festive, faites sauter le bouchon. »

Non, le champagne n'était pas un problème. C'est pour le nœud que les choses se compliquaient.

*

Que faire de ce nœud ? Je n'allais pas l'enlever et le garder pour plus tard, j'avais de toute façon jeté le petit morceau de papier enduit qui aurait permis de tenter de le recoller et je n'allais pas plonger dans la poubelle de la salle de bains pour essayer de retrouver un morceau de papier grand comme la moitié d'un timbre-poste. Entre Jérôme coincé dans ses toilettes et moi engouffrée dans ma poubelle, nous aurions probablement été élus couple de l'année. J'en étais à envisager de passer le reste de mon existence avec deux grammes de bolduc greffés au nombril, quand le bruit de la chasse d'eau m'a brusquement sortie de mes projets de vie enrubannée. J'étais toujours sur le canapé, le bolduc au ventre et le champagne à la main. J'avais l'impression d'être un enfant surpris par le bruit de la clef de ses parents dans la serrure et qui constate qu'autour de lui tout trahit les bêtises qu'il a faites pendant leur absence.

La silhouette de Jérôme apparut dans mon champ de vision périphérique. En tournant la tête vers lui, un peu interdite, j'aperçus un truc blanc au bout de sa main. Il se tenait juste à côté de la lampe à halogène responsable de l'éclairage d'une grande partie du salon, ce qui créait une sorte de phénomène d'éclipse m'empêchant de voir ce qu'il me tendait sans devoir d'abord plisser les yeux. Ce que je fis, et doucement s'affinèrent devant moi les contours de ce qui se révéla être un ticket de caisse chiffonné. Jérôme se rapprocha d'un pas pour me permettre de lire les informations qui s'y trouvaient, mais c'était inutile, je l'avais reconnu : il s'agissait de celui de la pharmacie. Il avait dû glisser dans le porte-revues lorsque j'avais ouvert le sac, et dans la précipitation de ma dissimulation de preuves la veille, je n'avais pas pensé à cet élément pourtant déterminant. Columbo venait de me griller.

*

« Tu m'expliques ? » me dit Jérôme, visiblement plus si pressé à l'idée de sortir boire une bière en terrasse. Je tentai la stratégie de l'humour.

« Bah, de prime abord, on dirait un épagneul breton, mais à y regarder de plus près je pense que c'est un ticket de caisse. »

À son expression, je compris que j'aurais fait un bien mauvais stratège en temps de guerre.

« Tu penses vraiment que c'est le moment de faire de l'humour, Juliette ? »

En revanche, j'ai toujours été très forte pour reconnaître une question piège. Je me tus.

« C'est effectivement un ticket de caisse, enchaîna Jérôme, sur lequel il est écrit que tu as acheté un test de grossesse hier à 13 h 07. J'ai le prix, le taux de TVA, mais pas le résultat, donc, je repose ma question : tu m'expliques ? »

Dans la langue française il y a des lettres qui s'écrivent mais ne se prononcent pas. Quand Jérôme parle, c'est pareil, il y a parfois des mots muets, des « putain de bordel de merde » qui restent sourds, mais sont bien audibles pour les interlocuteurs habitués. J'en étais, et je savais qu'il fallait répondre quelque chose, n'importe quoi, avant que la situation ne dégénère. À en croire le regard de plus en plus crispé de l'homme que j'aimais, il fallait agir, et vite, au risque qu'il ne se transforme en l'homme qui m'avait aimée.

Le problème, c'était que je ne savais justement plus trop quoi dire. J'avais écrit une partition parfaite à la note près, et une bourrasque avait emporté tout ça au loin en une fraction de seconde, me laissant particulièrement embarrassée, seule face à un pupitre nu, derrière lequel je ne pouvais même pas me cacher. Les secondes étaient maintenant de longs spasmes de malaise dans lesquels je m'enlisais un peu plus.

Jérôme remarqua à cet instant la bouteille collée le long de ma cuisse. Son regard resta un long moment fixé dessus, puis retrouva le chemin vers mes yeux. Et ça deux ou trois fois. Hors sommeil, on était probablement en train de vivre la plus longue période de notre histoire sans se parler, et c'était résolument terrifiant. Cette grossesse avait à peine commencé qu'elle n'avait rien à envier aux films d'angoisse les plus sadiques. Le suspense était insoutenable et pour un spectateur passant par là, il ne ferait aucun doute que l'histoire allait mal finir.

« Juliette, je reformule ma question, peux-tu m'expliquer pourquoi tu as acheté un test de grossesse hier à 13 h 07 et pourquoi il y a une bouteille de champagne à côté de toi sur le canapé ? »

Il aurait suffi que je me lève avec un grand sourire et dise en soulevant mon pull : « Tu vas être papa », et j'aurais à peine eu le temps de compter jusqu'à trois avant qu'il ne m'embrasse. Ce n'était pas très compliqué. J'avais deux jambes, deux bras, assez de muscles pour animer tout ça de façon synchronisée, et une phrase à quatre mots restait un défi à la hauteur de n'importe quel être humain à partir de l'âge de trois ans. Et pourtant j'étais là, pétrifiée tel un lapin de garenne pris dans les phares d'une Renault 5 rouge, attendant d'être réduit à l'état de galette. Je voyais le visage de Jérôme devenir de plus en plus de la couleur de la Renault 5 qui squattait maintenant mon esprit, tout comme le lapin que j'avais mentalement eu le temps de baptiser Didier, parce que pourquoi pas. J'étais en train de gâcher moi-même l'événement que j'avais organisé. J'étais l'orage à mon propre mariage.

Une phrase finit tout de même par sortir de ma bouche, mais j'aurais préféré qu'elle reste coincée entre deux molaires à tout jamais.

« Tu t'es lavé les mains en sortant des toilettes ? »

*

En choisissant de prononcer ces dix mots plutôt que les quatre qui m'auraient sauvée, j'ai réussi à catapulter ce moment dans la galaxie des souvenirs désagréables avant même qu'il n'ait vraiment commencé. Ma question à peine posée, Jérôme froissa le ticket dans sa poche, tourna les talons et un instant plus tard j'entendis claquer la porte d'entrée, tout comme, vu le bruit, probablement la moitié du pâté de maisons.

Nous avions évidemment déjà eu des disputes, mais jamais Jérôme n'était parti de la sorte. L'événement était tellement inédit qu'il me plongea dans une profonde angoisse : allait-il revenir un jour ? Était-ce une fin de non-recevoir, un verdict ? La fin de notre histoire porterait-elle à jamais la cicatrice de cette question : « Tu t'es lavé les mains en sortant des toilettes ? »

Comme je ne savais visiblement rien faire d'autre, je restai silencieuse sur le canapé. Mon ventre me grattait à présent au point que je soupçonnais le début d'un eczéma ou d'une très rare allergie croisée au bolduc et au conflit. Je ne savais plus s'il fallait courir après Jérôme, ranger le champagne, le boire, maudire l'inventeur du ticket de caisse ou me mettre en boule et attendre que cet enfant naisse sur ce même canapé et décide lui aussi de partir en claquant la porte, coupant ainsi le cordon de manière théâtrale.

La bouteille de champagne avait réussi à me geler partiellement un bout de cuisse et j'imaginais, vagues souvenirs d'un cours de physique, qu'elle avait dû récupérer ma propre chaleur et tiédir un peu. Voulais-je vraiment devenir cette femme qui boit du champagne tiède déguisée comme un chocolat de Noël ? Et tout ça enceinte pour être sûre que la scène glisse doucement mais inévitablement vers le pathétique ?

Je n'étais pas plus avancée sur ce que je devais faire et j'avais désormais envie de chocolat.

*

Près de vingt minutes s'étaient écoulées depuis le départ fracassant de Jérôme et le tissu des coussins du canapé était sur le point de se greffer à la peau de mes fesses quand j'entendis de nouveau des clefs dans la serrure. Ce bruit me délivra de mon statut de meuble et je bondis vers l'entrée. Je n'avais pas fait attention, mais Jérôme était sorti sans manteau, sans écharpe, sans rien permettant de partir sans se retourner, surtout en février. Fidèles à l'ambiance générale de la soirée, nous sommes restés quelques instants à nous dévisager sans parler. Alors que mon dynamisme retrouvé était sur le point de m'autoriser à formuler la phrase toute simple qui ferait enfin basculer la soirée dans quelque chose de joyeux, mon regard fut attiré par l'objet que Jérôme tenait dans sa main gauche. J'en reconnus aussitôt la forme et les couleurs pour avoir tenu ce rectangle blanc et rose dans les mains à peine trente-six heures plus tôt. C'était un test de grossesse, le même modèle que celui caché depuis hier sous une quinzaine de paires de chaussettes moches dans le tiroir de la commode de la salle de bains. Je fixai ce nouvel invité dans la soirée avant d'enchaîner moi aussi les allers-retours entre le regard de Jérôme et la boîte en carton, au point de frôler la migraine ophtalmique.

J'étais sur le point de tenter un renversement de situation en lui demandant à mon tour : « Tu m'expliques ? » quand Jérôme se pencha vers moi, m'embrassa et dans un sourire dit la dernière chose que j'aurais pu imaginer à cet instant précis :

« T'as envie de faire pipi ? »

J'ai répondu instantanément. C'était le premier son qui sortait de ma bouche depuis une demi-heure.

« Toujours. »

*

Mon esprit avait tant divagué que j'ai failli manquer l'arrêt où je devais descendre. Tous ces souvenirs du début de la grossesse me paraissaient si loin, maintenant que nous étions sur le point de devenir enfin parents. De retour à la maison, je suis allée m'asseoir sur le canapé, sans prendre la peine d'enlever mon sac ou mon manteau.

J'observais ce salon, calme pour une des dernières fois. La lumière un peu rasante de ce début de journée de novembre et le soleil doux qui en émanait projetaient une sorte de théâtre d'ombres chinoises sur le tapis. Je me rappelais le jour où je l'avais acheté. Trop cher, trop grand, trop blanc. Mais en remplissant le formulaire de livraison, elle aussi trop chère, je m'étais sentie adulte, une vraie adulte, une qui ne regarde pas à la dépense, une qui vit comme si son appartement allait se voir offrir une publication permanente dans les pages de *Marie Claire Maison.* Une adulte chez qui on ne boit que du champagne parce que ça ne tache pas. Une adulte chez qui on ne mange pas, donc on ne fait pas de miettes. Chez qui le concept même de chocolat ou de fruits rouges est étranger. Une adulte chez qui on ôte ses chaussures en franchissant le seuil de la porte pour enfiler des chaussons japonais qu'on vient justement de rapporter d'un formidable voyage dans une ferme alternative à quelques kilomètres de Kyoto. Une adulte chez qui on improvise des apéritifs dînatoires le dimanche soir parce que, ça tombe bien, il y a toujours un pot de houmous bio dans le frigo et du vin biodynamique, juste au cas où. Et au pire, on peut toujours improviser un petit frichti avec les légumes récupérés à l'AMAP.

Seulement on achète un tapis, pas la vie qui va avec, et cette peau de vache de 4 m² était constellée de traces de nourriture pas bio du tout, de traces de chaussures ayant le mauvais goût de fréquenter également les trottoirs de Paris, de miettes de Pepito et de cendre de cigarettes. Ce tapis n'avait pas pu accomplir sa destinée de tapis de grandes personnes. Il devait être malheureux de tous ses quatre et quelques mètres carrés. L'âme de la pauvre vache, sacrifiée pour finir dans mon salon, devait planer au-dessus du canapé en meuglant : « Putain bah, ça valait le coup d'être dépecée pour finir couverte de bouts de chips saveur poulet rôti, super, merci hein. »

Toujours dans mon manteau, assise sur mon canapé, je pensais à cette vache et décidai de l'appeler Simone. Pourquoi Simone ? Mystère. Je me disais que bientôt ce qu'il restait d'elle allait être recouvert de lait maternel régurgité, et que quelque part, ça bouclait la boucle. Sacrée Simone.

*

C'est à cet instant précis que j'ai ressenti le premier tiraillement. Une sorte d'instant très court mais très pur au niveau de la douleur. Comme ces soirs d'été où l'on voit tout à coup au loin un éclair qui déchire le ciel mais qu'on est géographiquement à un endroit où il ne tombe pas encore la moindre goutte. Est-ce que ça va être pour nous ? Est-ce que ça va venir jusqu'au-dessus de nos têtes ? Est-ce que c'est le moment de ranger les chipolatas ou est-ce qu'on est tranquilles ? Guettant mon ventre comme on regarde vers où se dirigent les nuages, je me posais la question de savoir si ce que je venais d'observer était le trajet d'un pet coincé ou un début de travail. On décrit la naissance comme un petit miracle à l'intérieur du corps de la femme, un instant unique, indescriptible. Chez moi, son tout premier moment a été interprété comme les démonstrations physiologiques d'une bulle de gaz emprisonnée dans un virage de mon côlon transverse. Voilà ma façon d'aborder les miracles : les prendre d'abord pour des flatulences en devenir. Je décidai donc d'attendre un peu avant de prévenir Jérôme de quoi que ce soit. Je m'imaginais mal lui envoyer un :

« Mon chéri, je sens un truc, ou c'est ton fils ou c'est un prout, te tiens au courant ASAP. Bisous. »

*

Dans la plupart des couples, le but est de garder du mystère et du romantisme le plus longtemps possible. Dans notre histoire avec Jérôme, l'objectif fut exactement l'inverse. Depuis le début, il s'est battu, semaine après semaine, mois après mois, pour que j'accepte d'être un être humain à ses côtés et que j'arrête d'être en représentation permanente dès qu'il s'agissait de passer du temps avec lui. Des années passées à prétendre ne jamais avoir besoin d'aller aux toilettes, à faire comme si rien ne sortait jamais de mon corps, ni poil, ni glaire, ni air, ni rien. Des années à passer chaque nuit ensemble à dormir dans des positions improbables pour éviter de ronfler ou de baver. Il m'a fallu des mois pour envisager les mots « pipi » ou « ragnagnas » quand lui partait vers la porte des toilettes son journal sous le bras, tranquille. J'admirais son courage, j'enviais sa liberté d'avoir à peu près la même vie que je sois là ou non. Pourquoi me suis-je imposé ça si longtemps, alors que j'avais face à moi l'homme le plus compréhensif que j'avais jamais fréquenté ? Chaque occasion de me prouver son amour inconditionnel était bonne à prendre. Je l'ai vu m'embrasser tendrement quand j'avais le nez plus rouge qu'un feu arrière de Twingo et incapable de retenir la moindre goutte de mucus. Il s'en foutait, il m'aimait et ne se laissait pas arrêter par des bêtises anecdotiques, même si celles-ci prenaient la forme de mouchoirs imprégnés de morve. Pourtant, combien de fois ai-je cru mourir de honte en découvrant la présence incongrue d'un bouton déjà bien avancé sur l'aile de mon nez ou d'un microscopique morceau de pâte à pizza brûlée entre deux incisives ? J'éprouvais dans ces cas-là un sentiment terrible, comme si j'avais failli, comme si j'avais raté ma mission : prétendre à l'irréprochabilité. Comme si, surtout, au moindre manquement à cette quête de perfection, j'allais lui donner une raison de me quitter, de reprendre l'amour qu'il avait eu la gentillesse de bien vouloir me donner et me laisser sur place, seule avec mon truc coincé entre les dents.

Un jour il m'avait même dit : « Tu te rends compte que je n'ai jamais vu la vraie couleur de tes ongles ? Je ne sais même pas si tu as ces petites marques blanches qui remontent jusqu'au bord. Regarde, moi, en ce moment j'en ai quatre. » Puis il avait ajouté : « Là, tu vois, j'en ai une sur l'index et le petit doigt à gauche et deux sur le même doigt à droite. C'est quand même dingue de ne pas savoir si la femme que j'aime manque de calcium ! » De cette phrase, je n'avais retenu que le fait qu'il m'aimait et j'avais ensuite construit mentalement le raisonnement fou que cela pourrait changer en un instant s'il constatait que probablement j'avais aussi de ces petites marques qui poussent le long des ongles, et donc des carences.

Une nuit, j'avais fait un rêve ridicule. J'étais au volant, et tranquillement arrêtée à un feu rouge, j'en profitais pour déloger mes crottes de nez. Au bout de quelques instants, j'en trouvais une qui, rêve oblige, ressemblait plutôt à un chewing-gum. Soudain, j'avais senti le regard désapprobateur d'un piéton en train de traverser. Il me fixait avec de plus en plus d'insistance, et alors que je m'apprêtais à baisser la vitre pour l'insulter, je comprenais, trop tard, qu'il s'agissait de Jérôme. Le feu passait au vert, et je n'avais aucune idée de l'endroit où j'allais pouvoir étaler la crotte.

*

Un autre jour où je changeais la couleur de mon vernis, enfermée dans la salle de bains, comme si j'étais en train de me planter l'aiguille d'une vieille seringue dans le pli du bras pour prendre ma dose à l'abri des regards, j'observais le mouvement du pinceau, la couleur mi-rouge mi-noir qui se déposait peu à peu sur mes ongles et je pensais aux hôtesses de l'air. Elles aussi apparaissent toujours les doigts colorés pour cacher d'éventuels ongles sales et donner l'impression d'être toujours impeccables, même quand elles sont fatiguées, même quand elles sont stressées, même quand elles se demandent si elles n'ont pas laissé une fenêtre ouverte chez elles et que c'est embêtant parce que, le temps de revenir de Mayotte, y a de quoi flinguer le papier peint juste en dessous. Leurs ongles parfaits c'est un leurre, un voyant lumineux qui indique à l'ensemble des passagers présents dans l'avion que tout va bien et que personne ne va mourir parce que la dame qui sert du vin tiède et donne des cacahuètes a les mains parfaitement manucurées.

Et ça correspondait bien à ce que j'étais en train de faire, seule dans cette salle de bains, la tête penchée au-dessus du lavabo, un coton-tige entre les dents, mini-pinceau bien calé entre le pouce et l'index, et vapeurs d'acétone dans le nez.

*

Paradoxalement, porter un enfant m'a permis d'accoucher de moi-même. Comme lors de notre propre naissance où personne ne nous demande notre avis, ce changement d'identité, ce retour au monde normal se sont fait sans me consulter. Et heureusement, j'aurais été capable de refuser cette liberté qui m'était tout à coup offerte. Grâce à ce bébé, et bien avant de le rencontrer, bien avant de devenir officiellement sa mère, j'ai cessé d'être un ersatz de moi-même. J'ai cessé de contrôler en permanence le fait de me tenir droite, de ne pas parler trop fort, de ne pas dire des mots trop gros, de ne pas boire trop, de ne pas être trop grosse, trop poilue, trop négligée, bref de ne pas être *trop*.

Je suis tombée enceinte et mon cerveau a laissé les rênes à mon corps. Je suis devenue celle qui bave en dormant, qui ronfle fort, qui pète en douce, mais celle qu'on aime quand même et celle qu'on aime peut-être encore plus parce que, justement, c'est un être humain.

Athéna est sortie de la cuisse de Zeus, moi je me suis extraite de ma propre panse. Mon corps, après avoir subi des années les clauses d'un contrat que personne ne lui avait vraiment demandé de signer, a fait le choix de le déchirer, d'en brûler les morceaux et d'en disperser les cendres, en quelques jours de digestion hasardeuse, de bouffées de chaleur et de matinées passées la tête posée sur la cuvette des toilettes. Et avec ça, je me suis enfin autorisée à me laisser aimer pour ce que j'étais entièrement.

*

Cela dit, une fois les vannes ouvertes, il a été un peu compliqué pour Jérôme de gérer toutes les démonstrations d'humanité de mon corps. Je revois encore son regard vide dans cette petite salle de l'hôpital Necker où avait lieu l'échographie du premier trimestre. Son teint n'aurait rien eu à envier au jaune du poster des bébés-tournesols. C'était la première fois qu'il entendait parler du principe d'examen endo-vaginal et en devenait le spectateur dans la minute suivante. Dans notre vie d'avant grossesse, nous n'avions évidemment jamais abordé ce qu'était ou pouvait être la vie médicale d'un appareil reproducteur féminin. Il faut dire qu'au-delà de la rigueur que je m'imposais pour paraître le plus en plastique possible aux yeux de Jérôme, rares sont les couples qui parlent frottis autour d'une assiette de nouilles le dimanche soir devant la télé.

Lorsque Monique, qui rencontrait Jérôme pour la première fois, avait placé cette espèce de cousin de préservatif sur la sonde, j'avais lu sur le visage de mon amoureux un regard perplexe puis franchement inquiet. Il avait cherché du coin de l'œil un signe de ma part, qu'égoïstement je décidai de ne pas prendre le temps de lui adresser, me concentrant plutôt sur le faux plafond en polystyrène, histoire de penser à autre chose. Puis, voyant la scène prendre la tournure qu'il avait anticipée, je l'avais vu effectuer un discret mouvement de tête de droite à gauche puis de haut en bas, comme s'il cherchait autour de lui l'éventuelle présence d'un dispositif de caméra cachée.

Ne trouvant rien, il avait dû se résoudre à regarder ses pieds en attendant d'être invité à choisir une autre cible, ce dont Monique s'était chargée assez rapidement à travers une de ses traditionnelles questions improbables :

« Alors à votre avis monsieur, ça, c'est sa tête ou ses fesses ? »

En sortant de l'hôpital, il lui avait fallu plusieurs minutes avant de pouvoir prononcer une autre phrase que : « C'est quand le prochain rendez-vous ? » et de commencer à digérer son syndrome de stress post-traumatique gynécologique. Plus tard le soir, il osa un commentaire en lien direct avec l'examen, alors que j'étais en train de me brosser les dents. Les yeux à nouveau plantés sur ses pieds, il avait bredouillé : « Je savais pas qu'on pouvait faire passer une caméra par là. Enfin, pas par là et puis pas une caméra-caméra, mais quand même… c'est… c'est… c'est fou la science. »

Très, voire trop affranchie de mon ancien statut de créature en plastique, j'avais eu envie de lui dire : « Oui, enfin, c'est surtout fou les chattes », mais à ses légers tics nerveux j'avais bien senti qu'il valait mieux clore ce dialogue gynéco-technologique pour le moment.

*

Près de cinq minutes venaient de s'écouler depuis l'éclair dans mon ventre quand un autre retentit, cette fois sans la moindre ambiguïté. Ce n'était plus un éclair au loin dans la vallée d'en face, mais bien la foudre qui tombait directement sur le toit de la maison, en détruisait une partie, et obligeait tout le monde à trouver refuge ailleurs le plus vite possible. J'eus la respiration coupée pendant près d'une minute, mes mains s'enfoncèrent dans la mousse du canapé et les trois quarts de ma tête se replièrent comme un accordéon à l'intérieur du col de mon manteau. Quand je pus sortir de cet état suspendu, je tirai sur les boutons-pression de mon manteau pour l'ouvrir, soulevai mon pull et le T-shirt volé à

Jérôme le matin même pour observer la scène de plus près, comme si tout à coup, alors que le doute n'était plus permis, il fallait obtenir une confirmation avant d'agir.

La contraction était terminée mais mon ventre encore déformé en portait les traces. C'est étrange de se dire, en regardant cet abdomen au bord de l'implosion, cette peau tendue comme les bâches que tiennent les pompiers pour réceptionner les gens qui se jettent des immeubles en feu, que trois kilos et quelques de chair, de sang et de cervelle préprogrammée à la névrose ne vont plus tarder à le quitter. De façon totalement absurde, j'éprouvai soudain une sorte d'interrogation, un suspense auto-infligé, et je me demandai par où il allait bien pouvoir sortir.

Aucune solution ne me paraissait être la bonne à cet instant précis.

J'envisageai même la possibilité de l'éternuer, mais sans conviction.

*

Une nouvelle contraction, encore plus efficace, comme une dernière sommation de CRS, me coupa le ventre en deux. Je regardai ma main crispée par la douleur et m'étonnais, en observant mes ongles entrer cette fois-ci dans la chair de ma paume, de voir à quel point un être humain était capable de disparaître en lui-même, paradoxalement au moment précis où il se préparait à en faire apparaître un autre.

Ma main mit plusieurs secondes à reprendre une apparence normale et en observant la trace de mes ongles dans la paume, je décidai qu'il était plus que temps de prévenir le futur papa.

Je me mis à la recherche de mon téléphone. À force de fabriquer ces appareils de plus en plus minces, on finit par les perdre de vue tout simplement. Dans les salons *Marie Claire Maison*, on ne cherche pas son téléphone, jamais. D'ailleurs, dans les salons *Marie Claire Maison*, on ne téléphone pas, on lit, on écoute Bach, on se demande s'il neigera à Noël et on envisage d'acquérir une lithographie de Zaō Wou-Ki comme nouvel et indispensable élément à accrocher au-dessus de la cheminée. Pour tenir compagnie à celle de Soulages. Dans les salons *Marie Claire Maison*, on ne téléphone pas, on pense.

En tentant de fouiller dans mes poches, je compris que, sous l'impulsion d'une contraction, il avait dû glisser entre deux coussins, ou directement sous le canapé. Dans les deux cas, c'était comme si j'avais laissé mon téléphone sur la Lune.

Je me penchai dans un mouvement qu'on pouvait qualifier de tragique tant il manquait d'élégance et, gravité oblige, je finis à moitié affalée au sol. J'étais désormais à quatre pattes sur ce tapis, ce foutu tapis, cette maudite Simone dont le spectre devait observer la scène en ricanant.

« Bien fait, connasse, ça c'est pour la fois où tu m'as renversé dessus le pot entier de sauce soja. »

La douleur aidant, j'arrivais presque à visualiser le ruminant assis sur le rebord de mon canapé. Les neurologues devraient se pencher sur le caractère hallucinogène quasi récréatif des grandes douleurs.

Mon téléphone était effectivement au pied du canapé, je le saisis et tapai le message suivant à Jérôme :

« Ton fils sera un chat noir, le travail a commencé, je t'attends sur Simone. »

Jérôme répondit presque tout de suite.

« J'allais entrer en réunion, je suis là dans vingt minutes maximum. C'est qui Simone ? »

*

Je finis de glisser par terre pour adopter une position totalement allongée. Aucune séance de yoga prénatal ne peut préparer à une telle douleur, mais il est certain que d'avoir raté tous les cours n'aidait pas. J'attendais, sans bouger, sans parler, mais pas sans angoisser. Les vingt minutes de Jérôme avaient l'air d'avoir été calculées sur Mars où une année fait six cent quatre-vingt-sept jours. Je regardais maintenant le plafond blanc, profitant d'une accalmie entre deux contractions. Cette étendue claire, calme, ce vrombissement entre mes oreilles, trace fantôme de la douleur, le silence passager de Simone qui pour le moment ne trouvait rien à dire, tout à coup j'étais tranquille.

Là aussi, sans doute pour la dernière fois de ma vie.

Les petites fissures sur cette espèce de patinoire inversée envoyèrent en une seconde mon esprit en Antarctique. Je regardais ce blanc qui était à présent une étendue de glace lissée par des années de vents âpres et gelés. Je me disais qu'avec le changement climatique, mon fils n'aurait peut-être jamais l'occasion de voir en vrai un phoque crabier, un damier du Cap ou un manchot Adélie. Je me fis ensuite la réflexion que moi non plus je n'avais jamais vu en vrai un phoque crabier, un damier du Cap ni un manchot Adélie. Je m'apprêtais à entamer à tue-tête le second couplet du *Paradis blanc* de Michel Berger quand la clef du futur père fit cliqueter la serrure. C'est également à ce moment-là qu'une nouvelle contraction décida de prendre mon corps pour un jouet antistress, laissant Jérôme devant un spectacle le fermant définitivement aux sciences obstétriques.

Il s'approcha du tapis au ralenti comme si un tigre avec le bras de son dresseur dépassant de la gueule se trouvait sur la table basse à côté de moi.

« Tu as mal ? »

À cet instant je me demandai s'il n'était pas un cousin au troisième degré de Monique.

*

En temps normal, je pense que j'aurais volontiers traité sa mère. Ou la mère de sa mère. Et peut-être même la mère de la mère de sa mère. J'aurais attrapé le col de sa chemise impeccablement repassée, dans le but d'y coller un faux pli, juste pour l'emmerder. Puis je l'aurais regardé attentivement dans les yeux. D'abord le gauche, ensuite le droit. Quand on est trop près, on ne peut pas se regarder dans les deux, ça fait mal au crâne. J'aurais ensuite pris le temps de bien articuler, pour être sûre de postillonner au maximum sur son visage. Et tout doucement j'aurais prononcé ces mots :

« Meurs, pourriture communiste. »

Mais la douleur, ce n'est pas un temps normal. La douleur, c'est tout à coup un divorce entre le corps et l'esprit. Pendant toute une vie, la cohabitation se passe plutôt sans heurt. Bien sûr, les matins de gueule de bois, le corps s'adonne à une basse vengeance sous prétexte que, la veille, l'esprit a cru qu'il était le plus fort des deux. Les deux forment un vieux couple, équilibré car complémentaire. L'un pousse à un peu de folie, l'autre raisonne quand les excès sont trop nombreux et rapprochés. Le corps et l'esprit, c'est un peu nos grands-parents qui se passent le sel, sans un regard, hypnotisés par la diffusion du 13 heures, mais qui chaque soir se collent un gros smack mouillé avant d'aller dormir. La vraie douleur est un raz-de-marée qui emporte le couple de petits vieux au large. Toutes les cinq ou six minutes, mon corps était soumis à ce mini-tsunami, me laissant chaque fois persuadée que je ne pourrais pas en supporter un nouveau. Les contractions sont une sorte de Yo-Yo sadique qui, quoi que vous fassiez, quelle que soit la position que vous adoptez, finira par vous plaquer au sol, vidée de vos larmes et toujours remplie d'un enfant, suppliant pour qu'on vous coupe en deux et que tout s'arrête, et vite.

Une légère accalmie entre deux spasmes laissa juste assez de temps à mon esprit pour visualiser mon ventre comme le globe terrestre avec lequel Charlie Chaplin, grimé en ersatz d'Hitler, s'amuse à jongler dans *Le Dictateur*. Doucement, avec dextérité et en musique, le héros du cinéma muet jouait avec ma sangle abdominale, l'ensemble de mon système reproducteur et un peu ma vessie. Le tout sous le regard de Simone, qui avait fini par compatir à mon sort.

Je me suis alors penchée vers le visage du père de mon enfant et j'ai murmuré : « Ça lui allait bien la moustache quand même », et c'est à cet instant que Jérôme a su qu'il fallait s'activer et ne plus compter que sur lui.

*

De l'arrivée à la maternité je ne me rappelle que le grand rectangle en bois blanc collé à la façade en brique et le ficus devant le bureau des admissions. Jérôme était en train de discuter avec ce qui semblait être un brancardier. Entre deux instants où ma respiration n'était pas coupée, je lui demandais de quoi ils avaient parlé et si j'allais bientôt pouvoir être prise en charge. Jérôme m'a dévisagée avec un étonnement qu'il ne cherchait pas à dissimuler.

J'ai insisté.

« Il t'a dit quoi du coup ? Je vais bientôt passer ? »

« Mais qui ? »

« Bah le mec avec qui tu parlais, pas le prince Charles, tout le monde sait que le vendredi il a polo. »

« Mais enfin de quoi tu parles, Juliette ? Quel mec ? »

J'ai regardé plus attentivement Jérôme, prête à lui hurler dessus face à son incompétence dans pareille situation quand mes rétines de nouveau fonctionnelles pour quelques secondes m'ont permis de constater que le père de mon enfant se tenait en fait contre une vitre réfléchissante et que le dialogue dont j'avais été le témoin n'était qu'un phénomène d'optique sur surface lisse.

« Rien, laisse tomber. »

Un vrai brancardier est arrivé peu de temps après pour me faire asseoir sur un fauteuil roulant et nous emmener dans une petite salle de consultation. Elle ressemblait beaucoup à celle dans laquelle j'avais eu tant de fois des conversations fictives avec Monique. Les murs étaient de la même teinte et du même aspect que ceux d'un tarama oublié au fond d'un frigo. Jérôme m'aida à m'allonger sur la petite table d'examen pour essayer de trouver une position plus adéquate à l'activité du moment. Je me retrouvai un peu allongée, un peu assise, un peu sur le côté, un peu soulagée. Le répit n'allait durer qu'un court instant, une nouvelle contraction reprenant vite le contrôle de mon corps. Celle-là fut particulièrement forte. Une sensation de brûlure se diffusa de mon nombril à mes genoux à la vitesse de l'éclair. J'ai vraiment eu l'impression qu'on me découpait, qu'on me faisait vivre la pire des tortures. Jérôme me regardait, et dans ses yeux j'ai deviné un profond sentiment de détresse face à son inutilité. Lui qui était toujours le premier pour changer une ampoule grillée, lui qui avait pour habitude de dire : « Bouge pas, je vais regarder ça » quand je pensais que toute la robinetterie était à changer alors qu'il ne s'agissait en général que de resserrer un écrou. Lui qui m'avait aussi séduite avec sa capacité à m'aider, à me simplifier la vie, à monter une étagère Ikea en moins d'un quart d'heure tout en regardant BFM, cet homme tout à coup ne servait plus à rien et le savait. Son seul rôle était d'être le témoin de ma douleur et je pouvais voir le malaise que cela faisait poindre chez lui.

*

« Tu veux pas aller chercher quelqu'un ? J'ai vraiment mal, là. » Cette phrase qui rebondissait sur les murs et qui aurait pu passer pour un reproche était en fait un cadeau que je lui faisais. Il avait enfin une mission, quelque chose à accomplir dans le long processus qui promettait de le faire se sentir impuissant au cours des heures qui allaient précéder la naissance de son fils. Il avait été exemplaire tout au long de la grossesse, aimant, prévenant, et avait même tenté, sans succès mais avec amour, de stopper toute consommation de tabac et d'alcool par solidarité. Il avait tenu trois petites journées, mais le geste m'avait tout de même émue, car cela lui avait permis d'être encore plus compatissant de l'effort que je devais accomplir pour assurer la bonne santé de notre enfant.

À peine parti, il était revenu, tout fier d'annoncer que quelqu'un arrivait juste derrière lui. On aurait dit le lauréat surpris d'un concours, et qui cache son étonnement d'avoir gagné sous une épaisse couche de confiance. En effet, Jérôme avait trouvé une collègue de Monique que j'avais déjà croisée en sortant d'une consultation au début de la semaine. Dès notre premier échange, j'ai compris qu'elle avait probablement été à l'école de la vie avec elle.

« Alors, qu'est-ce qui vous amène ? »

*

Joseph est né à 19 h 48.

L'accouchement fut un moment merveilleux dès que la question de la douleur fut réglée. Je n'ai jamais douté des bienfaits de la science, mais l'expérience d'une péridurale efficace m'a réconciliée avec toutes ces fois où un cachet d'aspirine ne faisait pas effet assez vite.

L'intuition m'a accompagnée tout le long de ma grossesse et de mon accouchement. Sans être butée, il faut savoir aussi s'écouter et volontairement faire taire ces voix qui vous parlent sans savoir ce que vous pouvez ou non accomplir, ce que vous pouvez ou non supporter.

« T'en fais combien de fois par semaine, du yoga prénatal ? »

« Tu sais qu'il faut marcher deux fois moins et boire deux fois plus que d'habitude. »

« Oh ça va, une petite clope de temps en temps, ça va pas faire de mal au bébé, faut pas exagérer. »

« T'as vérifié ta glycémie récemment ? »

« Tu sais que le lait de vache c'est hyper-mauvais pour le fœtus ? »

« Ah ouais des frites ? Mais tu as pris combien de kilos déjà depuis le début ? »

« Et tu sais que ma belle-sœur a préféré accoucher à quatre pattes, c'est mille fois mieux. »

S'il était parfois un peu pénible de supporter tous ces commentaires des uns et des autres, la récompense arrivait vite. Sentir Joseph grandir sous mon nombril ou donner des coups à son père la nuit à travers mon ventre, comme s'il communiquait en morse et voulait voir s'il était encore éveillé pour papoter, méritait bien de lever les yeux au ciel plus ou moins poliment pendant une trentaine de semaines.

En toute objectivé, Joseph était le plus beau bébé que j'avais jamais vu. Sa rencontre fut étonnante. À peine posé sur mon ventre, j'ai regardé Jérôme qui pleurait autant que moi et nous avons eu, sans nous concerter, les mêmes mots au même moment, provoquant un petit sentiment de surprise et d'émotion chez le personnel médical autour de nous.

« Salut, toi. »

*

« Trop impatient de prendre l'apéro en terrasse avec ses parents, Joseph est né ce vendredi à 19 h 48.

Buvez à sa santé ce soir !

On vous embrasse.

J&J »

Jérôme a envoyé le message vers 21 h 30, pendant que les sages-femmes terminaient mes soins et ceux de Joseph. En arrivant dans la salle de travail, la pédiatre s'est extasiée sur les grands yeux noirs de notre fils et les a tout de suite retrouvés chez Jérôme. Savoir que son fils avait son regard l'a fait de nouveau et instantanément fondre en larmes. Quelque chose de la transmission venait de lui sauter au visage. Partager un regard, c'est un cadeau qu'on ne pense pas forcément recevoir un jour. Notre fils avait également eu la bonne idée d'avoir ma bouche, mes cheveux et une de mes fossettes. Pour la transmission, j'étais servie aussi, quoique moins surprise. Après tout, ce petit corps sortait du mien, il était normal qu'on y trouve des ressemblances.

Nous le regardions dans son berceau de Plexiglas dans lequel une collègue de Monique l'avait déposé et nous nous disions qu'il y avait quand même quelque chose de fascinant à observer ce mélange parfait de nous deux. Je me rendais compte en le découvrant minute après minute que j'étais très heureuse qu'il ait les yeux de son père, car c'est ce que j'aimais le plus chez lui, ce qui me bouleversait chaque fois. Le regard de Jérôme vous laissait une empreinte sur la rétine. Joseph avait gagné la même chose à la loterie de la génétique. Toutes les sages-femmes et infirmières s'étaient d'ailleurs concentrées sur les yeux de mon fils dès ses premières minutes de vie.

« Oh les jolis yeux noirs ! »

« Oh ce regard ! »

« Il vous regarde vraiment, ce petit garçon ! »

La séquence fut brutalement interrompue par ma voix, beuglant :

« Oui, oui, OK on a compris, mais à part les yeux, ça va ??? »

Je voulais que l'on vérifie si j'avais bien travaillé et si mon fils était en bonne santé. J'aurais dû me dire que si tout ce petit monde prenait le temps de se concentrer sur ses yeux, c'est que le reste allait merveilleusement bien, mais quelque chose en moi avait voulu se faire entendre et crier son angoisse.

J'étais tout simplement en train de vivre ma première peur irrationnelle de mère.

Probablement habituées et probablement pas face à la plus folle des nouvelles mères, les sages-femmes avaient simplement répondu :

« Il est parfait votre petit Jojo. »

Et cette fois c'est moi qui avais pleuré, de joie, de soulagement et d'émotion d'entendre pour la première fois quelqu'un utiliser ce petit nom dont je me servais pour parler à mon fils à travers la peau de mon ventre et ce depuis que l'on s'était mis d'accord sur le prénom avec Jérôme.

« J'ai fait quelque chose de parfait », ai-je pensé. C'était la première fois de ma vie et j'étais contente que ça tombe sur cette fois-là.

*

À 22 heures, nous étions tous les trois accompagnés dans la chambre où nous allions rester au plus trois jours, probablement moins au vu du caractère extrêmement tranquille de cette naissance et de la bonne santé de Joseph. La chambre était spacieuse, au quatrième et dernier étage du bâtiment en brique rouge qui abritait la maternité. Jérôme a plaisanté sur le confort et la jolie vue sur Paris depuis la fenêtre : « Franchement, si on oublie le petit rôti de veau dans son pyjama et la perfusion à ton bras, on se croirait un peu à l'hôtel, non ? »

Je lui ai souri et j'ai pris Joseph dans mes bras. Ce que je n'osais dire à ce moment-là, c'était la terrible sensation de vide que j'avais dans le ventre. Je ne pouvais pas me plaindre, mon accouchement s'était bien passé, mon fils était en bonne santé, mais j'avais l'impression d'un arrachement violent. Le sentir au-dessus mettait d'ailleurs encore plus l'accent sur son absence *sous* ma peau. J'avais tellement eu hâte de le rencontrer que je ne m'étais pas préparée à ce premier au revoir. C'était idiot, et probablement amplifié par la chute des hormones, mais soudain j'avais envie de sanglots et je ne pouvais pas, je ne devais pas. Il fallait redevenir forte et heureuse, radieuse même, et tant pis si c'était par obligation, au risque de passer pour une handicapée du bonheur.

« Prends des photos », ai-je dit à Jérôme dans un sourire tendre même si forcé, histoire de diriger mon attention sur ce qui resterait plutôt que sur ce qui venait de partir.

*

Vers 22 heures 30, une infirmière est venue vérifier ma tension et la température de Joseph. Elle était déjà en salle de travail avec nous et s'était en particulier occupée d'habiller mon bébé. Elle avait été la première à remarquer les yeux noirs de notre petit garçon. À peine entrée dans la chambre, j'ai eu du mal à la reconnaître. Sa bonne humeur au moment de la naissance avait laissé place à un silence étrange. Elle qui dévorait des yeux Joseph regardait maintenant ses pieds. Son nez était rouge, des traces de mascara essuyées se voyaient encore dans les petites rides d'expression près de ses paupières. Sa voix ne semblait pas sortir de son corps, mais d'un appareil d'enregistrement extérieur.

« Je vais vérifier la température de l'enfant. »

« Tendez le bras gauche, merci. »

Difficile d'imaginer que c'était la même personne qui, quelques heures plus tôt, commentait le motif du pyjama de mon fils d'un : « Mais c'est plus une maternité c'est une fashion week, hein, Joseph ? »

À peine arrivée, elle était repartie en disant juste qu'elle ou une de ses collègues repasserait vers minuit. Une fois la porte refermée, j'ai regardé Jérôme, aussi surpris que moi.

« Elle a dû se faire engueuler par sa cheffe », ai-je dit.

« Oui, ou larguée ? C'est salaud de faire ça un vendredi soir », a-t-il ajouté, un peu taquin. C'est vrai que nous étions vendredi. Nous venions de passer une journée folle, coupée de tout, dans des salles sans fenêtres, dans des heures qui ne se comptent plus en minutes mais en centimètres. Nous aurions pu être en février ou dix ans plus tard, il n'y avait aucun indice pouvant nous éclairer. Nous étions à Joseph + 3 heures et des poussières. C'était notre nouveau calendrier. À cet instant précis, les seules choses qui nous intéressaient étaient la minuscule bouche en cœur de Joseph et tous les petits bruits qu'il pouvait produire. Nous n'avons même pas prêté attention au fait que le message annonçant sa naissance n'avait provoqué aucune réponse chez nos amis.

« On voit que c'est un soir de match », a juste conclu Jérôme avant de prendre la deux cent cinquante-quatrième photo de son fils, qui essayait de manger son poing.

*

« J'ai deux-trois coups de fil à passer, et deux-trois clopes à fumer, ça te va si je sors maintenant ? » Non seulement ça ne me dérangeait pas que Jérôme retourne un peu dans le vrai monde, mais cela me permettait d'avoir un moment avec mon fils pour lui expliquer pourquoi dorénavant il ne serait plus dans le ventre de maman.

« Si tu trouves une petite bouteille d'eau gazeuse sur ton chemin, je suis preneuse. »

D'un sourire, la tête déjà dans l'ouverture de la porte et la cigarette au bec, Jérôme a dit : « OK, sauf si je trouve du champagne ! » La porte s'était à peine refermée sur lui que déjà il la rouvrait, revenant vers nous d'un petit pas chassé. Il est arrivé au niveau du lit en un éclair, a ôté la cigarette de sa bouche et m'a fixée de ses grands yeux noirs.

« Tu as oublié un truc ? Tu veux des sous ? »

Dans un éclat de rire qui a fait légèrement sursauter Joseph, il a répondu :

« Garde tes sous. »

Puis, après avoir déposé un baiser sur mes lèvres et un autre sur le front de notre fils, il a ajouté :

« Je t'aime, mon amour. Merci pour ce merveilleux cadeau. »

D'un coup, la sensation de vide dans mon ventre fut comblée, remplie d'autres choses qui bouillonnaient, et la menace d'un effondrement en larmes s'en est allée au loin.

« À tout de suite mon chéri, reviens vite, on t'attend. »

J'ai reposé Joseph dans son petit lit transparent et, le fixant en m'empêchant de cligner des yeux pour ne rien rater, je me suis doucement assoupie, bercée par le flot de tout cet amour et de cette journée folle.

*

C'est Jérôme qui m'a réveillée en s'asseyant sur le bord de mon lit. J'ai tout de suite vu ses yeux rougis, son regard embué, son front grave. Aussitôt j'ai regardé vers le berceau de Joseph, qui dormait tranquillement en tétant dans le vide. Je venais de vivre ma deuxième peur irrationnelle de mère.

L'horloge au mur indiquait minuit et demi. J'avais dormi près de deux heures. L'infirmière n'avait pas dû repasser sinon je l'aurais entendue.

« Tu m'as fait peur, c'est quoi cette tête ? T'en as mis du temps. »

La bouche de mon amoureux s'est ouverte mais aucun son n'en est sorti. Il me semblait les voir coincés dans sa gorge. De grosses larmes se sont mises à couler de façon totalement anarchique sur son visage. Son nez coulait aussi, le sang sous sa peau, lui, avait l'air d'être parti ailleurs, son teint était gris, presque transparent. Toujours sans pouvoir prononcer un mot, il m'a serrée dans ses bras, histoire de gagner du temps et de reprendre un peu de courage avant de parler. Il sentait que les secondes s'écoulaient et que mon angoisse grandissait, mais c'était comme si un effroi que je ne comprenais pas lui bloquait les poumons. Je reculai pour retrouver ses yeux, ses yeux si noirs au moment où je plongeai dedans que j'eus peur de ne pas en revenir.

« Qu'est-ce qui se passe, Jérôme ? Dis-moi ! »

C'est l'instant que choisit Joseph pour sortir de son sommeil et reprendre son concert de gazouillis dans le silence assourdissant de la chambre.

Sans doute marqué par le choix des mots du président dont il venait d'entendre l'allocution, Jérôme utilisa la même phrase que François Hollande.

« C'est une horreur… »

Puis il me dit tout, dans un souffle, dans le désordre, sans s'arrêter. Le Stade de France, la prise d'otages au Bataclan, les terrasses…

Il reprit : « … Notre terrasse. »

Ensuite, il attrapa le téléphone dans sa poche pour me montrer des informations qui très vite ont saturé mon esprit. Cette horreur ne pouvait pas se mélanger avec la joie d'avoir rencontré mon fils pour la première fois.

Le nom de notre bar apparaissait partout. Sur certains plans on devinait notre table près de la porte. Puis le nombre de victimes, qui grimpait à chaque minute. Soudain j'avais l'impression de ne plus parler la même langue, de lire des choses qui ne faisaient que glisser sur mon cerveau, comme ces feuilles qui sortent blanches des imprimantes parce qu'il n'y a plus d'encre. Les larmes de Jérôme, les bandeaux-titres des chaînes d'infos, les images des tables des terrasses renversées, les gyrophares rouge et bleu des policiers, des pompiers et des ambulances, tout cela dansait devant mes yeux en une sorte de mosaïque absurde.

*

L'infirmière toqua à la porte quelques instants plus tard. Elle entra presque sur la pointe des pieds, suivie de près par les sages-femmes présentes au moment de la naissance de Joseph. Jérôme m'expliquerait plus tard dans la nuit qu'elles attendaient derrière la porte que je sois prévenue. En croisant le regard rougi de l'infirmière passée plus tôt dans la soirée, je compris les efforts qui avaient été les siens pour m'épargner, pour m'offrir encore quelques minutes au calme et me laisser profiter de la naissance de mon enfant.

Elle a pris ma main et m'a dit dans un sanglot :

« Il est si beau, votre petit garçon, c'est pas juste qu'il arrive maintenant. »

À tour de rôle, les sages-femmes sont venues nous serrer, Jérôme et moi, dans leurs bras. Chacune a également caressé doucement le front chevelu de Joseph, comme pour reprendre une petite dose de vie avant d'affronter le reste de la nuit, puis elles sont reparties dans le même calme avec lequel elles étaient arrivées, laissant encore plus forte la sensation de mirage de ce début de nuit, de ce Joseph + 5 heures.

*

Je me suis levée pour reprendre mon fils dans mes bras. Les caresses sur ses joues et les voix autour de son berceau lui avaient fait ouvrir les yeux, et il commençait à nous chercher autour de lui, calmement. Ce bébé qui avait pourtant poussé de puissants cris à la naissance semblait avoir compris assez vite qu'autour de lui l'heure était à la stupeur sourde et qu'il s'agissait maintenant d'être silencieux. Bientôt, il redeviendrait l'unique centre de l'attention, mais pour quelques heures il lui fallait déjà montrer ses capacités d'adaptation. Je voyais sa petite bouche dessinée comme la mienne s'ouvrir et se fermer, cherchant le sein. Faisant le tour de ce lit d'hôpital qu'on ne confondrait désormais plus avec celui d'un hôtel, je suis venue me coller à Jérôme. Doucement, j'ai déposé notre fils entre nous et libéré mon sein droit pour le placer contre sa minuscule bouche. La vie était là, et elle avait faim. Je jouais du bout des doigts avec les petites boucles qui bordaient son front et descendaient jusqu'à ses oreilles de poupon. Jérôme avait remis le téléphone dans sa poche, le regard fixé sur Joseph pour essayer de tromper son esprit, lui faire croire que rien d'autre n'existait autour de nous que cet enfant collé à ce sein, et ce petit bruit inimitable des nouveau-nés entièrement dévoués à leur effort.

Joseph avait basculé un peu la tête et fixait à son tour son père. Sans bouger, la joue contre l'épaule de Jérôme, j'ai murmuré :

« Elle a tort, l'infirmière. Il fallait qu'il arrive aujourd'hui, il fallait qu'on le fabrique il y a neuf mois... »

Des larmes ont glissé des yeux de Jérôme pour continuer leur route le long d'une de mes tempes. J'ai poursuivi ma phrase, même s'il avait deviné ce que je m'apprêtais à dire.

« ... si Joseph n'était pas ici, nous aurions été là-bas. »

Jérôme

L'avantage d'avoir une cuisine orientée plein est, c'est ce soleil omniprésent le matin. Un soleil qui dore toute la pièce, même l'hiver, d'une teinte chaude. Un soleil qui vous réveille en douceur, comme une petite biche au fond des bois. Un soleil qui ne laisse rien dans l'ombre, vraiment rien, à commencer par les putains de traces de café sous les tasses. Une tasse en particulier.

« Jérôme, la table ! Merde ! Tu fais chier avec ton café, ça fait dix fois que je te le dis !!! »

Devant moi, notre pauvre table en Formica ressemblait à un drapeau olympique pour daltoniens. Ce meuble, nous l'avions trouvé un soir, dans la rue, largué sur un trottoir, un Post-it griffonné d'un numéro à la va-vite scotché dessus, attendant sagement que le service des encombrants vienne le chercher. Ou, comme c'était souvent le cas à Paris, des gens passant par hasard, et décidant, sur un coup de tête, de le rapporter chez eux. Parce que ça faisait plus chic que se fournir chez Ikea comme tout le monde, et surtout parce qu'il y a une certaine émotion à posséder un meuble qui a déjà vécu, sans vous. Comme une histoire qui continue, un partage de souvenirs à distance.

La table en Formica qui me faisait face avait vécu le même cycle : une première vie dont on ne savait rien, le dépôt sur un trottoir un soir de mars, sa rencontre avec nous qui sortions juste d'un petit restaurant, la rapide évaluation au préalable de Jérôme sur sa capacité à entrer, ou non, dans notre ascenseur, puis sa nouvelle vie dans notre cuisine. Cette table a vu grandir Joseph, défiler les biberons de toutes les heures, ses débuts à quatre pattes qu'il ne faisait qu'à reculons, puis ses premiers pas, plus ou moins assurés. Elle nous a vus serrer les fesses chaque fois qu'il se prenait les pieds dans lui-même et manquait de s'ouvrir le crâne sur une des nombreuses surfaces dures que notre appartement lui offrait pour atterrir. Elle a vu passer les petits pots, les compotes, les purées, les minuscules morceaux de viande, les premiers bouts de melon, les premières cerises. Elle nous a vus allumer une, puis deux bougies, sur des gâteaux de chez le pâtissier du coin de la rue, dans cette ambiance désormais toujours un peu particulière des 13 novembre à Paris. Cette table a entendu notre fils commencer à babiller, à dire des « papa », « baba », « caca », « dada », et finalement, à force de le harceler dix-huit fois par heure, des « mama ». Cette table a tout vu de notre vie à trois, côté cuisine du moins, jusqu'à cette énième tentative de sabotage à coups de taches de café de la part de Jérôme en ce matin du samedi 14 juillet 2018.

*

Évidemment, il a fait celui qui n'avait pas entendu, ce qui était géographiquement et physiologiquement impossible, mais je le devinais déjà vautré dans le canapé du salon, devant la retransmission du défilé du 14-Juillet. En près de six ans d'amour dont cinq de vie commune, c'était une tradition à laquelle nous n'avions jamais dérogé même si nous n'aurions pas su l'expliquer, tant ni Jérôme ni moi n'étions portés sur l'art de la guerre ni fascinés par les régiments. Et pourtant, ce rendez-vous annuel faisait partie de nos vies depuis longtemps, bien avant notre rencontre – l'un des nombreux points communs que nous nous étions trouvés au début de notre histoire. Peut-être cela tenait-il au fait qu'invariablement, quels que soient le président, la météo ou le risque d'attentat, chaque matin du 14-Juillet, des centaines de militaires descendaient les Champs-Élysées au son des tambours et autres trompettes. La preuve d'une certaine permanence des choses.

D'un geste agacé et sans doute exagéré, j'ai saisi la paille de fer près de l'évier, balancé un gros « pouic » de liquide vaisselle dessus et me suis lancée dans le sauvetage de notre table. De toutes nos tasses, une seule, à cause de son bord formant comme un ourlet, faisait déborder de microscopiques gouttes hors de la bouche qui finissaient toutes, gravité oblige, par glisser le long du métal émaillé blanc à liseré bleu, et terminaient leur route sur la surface que le destin aurait mis face à elles. En l'occurrence ma petite table en Formica chérie. Bien entendu, cette tasse peu pratique était aussi la préférée de Jérôme. La vie de couple est une guerre dont on découvre peu à peu les protagonistes, souvent avec surprise. Une table, une tasse, une tache ont parfois autant d'impact que l'assassinat d'un archiduc d'Autriche.

J'avais beau frotter autant que je le pouvais, j'étais impuissante face au pouvoir colorant du café. Lasse, je décidai de couper court à ce combat perdu d'avance et jetai littéralement l'éponge. Dans l'évier.

Je déboulai dans le salon d'un pas furieux. Le genre de pas qui vous permet avant même d'être vu de transmettre sans fritures le fond de votre pensée.

*

Je trouvai Jérôme exactement comme je l'avais imaginé, à moitié allongé dans le canapé avec un T-shirt un peu sale et un caleçon qui baillait beaucoup, la fameuse tasse dans la main gauche et son téléphone dans la droite, face à la tablette qui nous servait de télévision, les yeux faisant des allers-retours entre l'écran de l'un et l'écran de l'autre. Avant que j'aie le temps de desserer les dents pour en remettre une couche sur cette histoire de tasse et de table défigurée, Jérôme s'esclaffa :

« Putain, y en a un qui est bourré dans les Alpha-Jet ! »

Effectivement, à cet instant précis, on voyait en direct la Patrouille de France survoler les Champs-Élysées, laissant dans son sillage, à la place des traditionnelles fumées, un panache rouge-bleu-blanc-rouge bien peu tricolore.

« Oh attends, on appelle Jojo, ça va lui plaire, ça ! » sourit Jérôme en prenant la télévision en photo.

J'étais partagée entre l'envie de rire avec lui de cette bourde à grande échelle dans un défilé habituellement réglé comme du papier à musique et celle de bien lui faire comprendre à quel point j'étais agacée.

« C'est comme la fois sous Hollande où le mec s'était pété le genou devant tout le monde, tu te souviens, Ju ? » ajouta Jérôme en cherchant dans son téléphone le numéro de ma mère, chez qui Joseph passait la semaine.

Bien sûr, je me souvenais de ce pauvre parachutiste qui s'était flingué la jambe devant la France entière. D'abord parce que j'avais eu mal et honte pour lui, au point de songer brièvement à lui faire parvenir une boîte de caramels mous pour lui dire que c'était pas grave, que dans la vie tu décides pas des moments où ça foire. Et que, quelque part, il était tombé devant le bon président pour ça. Je me souvenais surtout de cet épisode de rotule sacrifiée parce que c'était la première fois que Jérôme et moi avions regardé le défilé ensemble. Nous avions eu un fou rire un peu nerveux face à l'incident, persuadés qu'il s'agissait d'un mauvais présage pour le quinquennat de Hollande. Je me souviens de Jérôme soufflant, plié en deux : « La vache… La pluie, la foudre, la gonzesse qui tweete et maintenant le mec qui se pète la jambe sous son nez… c'est pas possible, le mec est né un vendredi 13 ! »

À l'époque, nous n'étions pas les heureux parents d'un petit garçon à bouclettes né le pire vendredi 13 de l'histoire de France, alors nous nous étions lancés dans une recherche sur Google. Et nous avions ri encore plus fort en découvrant que François Hollande était né un 12 août, en 1954, et que cette année-là, le 12 tombait un jeudi. Et donc le 13 un vendredi. Des larmes de rire lui coulant sur le visage, Jérôme avait conclu : « Trop fort ! Même son vendredi 13, il l'a raté ! »

*

Six ans plus tard, ce défilé, synonyme de complicité entre nous, s'était transformé en grenade dégoupillée qui ne demandait qu'à nous sauter au visage. Ce qui finalement collait assez bien avec l'ambiance militaire du programme. Nous n'étions plus le jeune couple qui passe son temps à poil, à boire du vin, fumer des cigarettes et discuter des heures, la tête posée sur les fesses de l'autre. Nous avions connu des années douces puis d'un coup une saison en grand huit, où des attentats effroyables avaient, malgré nous, accompagné l'arrivée de notre enfant. Dans cette insupportable coïncidence, nous avions dû l'accueillir, l'aimer, ne pas en faire une éponge à nos angoisses. Même devant un monde qui nous échappait, même devant un camion qui écrase tout le monde à Nice, même devant un président orange élu à la tête des États-Unis, même et surtout devant une planète qui se réchauffe dans l'indifférence générale ou presque. Nous avons usé de toutes les souplesses pour que notre enfant ne ressente pas dès son plus jeune âge les violences du monde dans lequel nous avions décidé de le précipiter. Et comme il fallait bien que nos angoisses et nos colères s'expriment quelque part, elles se sont muées peu à peu en petites guerres du quotidien. À tour de rôle et plusieurs fois par jour. Une petite phrase par ci, une remarque par-là. Des micro-conflits, pour ne pas avoir à tout faire exploser.

Ma mère décrocha, salua Jérôme et lui passa notre fils qui lui aussi était devant le défilé, et avait vu les couleurs se mélanger. Leur échange dura quelques minutes, j'entendais la voix de

Joseph grâce à la fonction haut-parleur que Jérôme avait activée, comme toujours quand il l'avait au téléphone, pour que j'en profite aussi. Notre petit garçon gloussait, répétant à tue-tête et un peu en boucle ce que son père venait de lui dire :

« Il va se faire gronder dis donc, hein, ah oui, il va se faire gronder, ah oui. »

Tout en lui parlant de la finale du lendemain, Jérôme me fit un geste de la main, une sorte de moulinet, pour que je me rapproche du téléphone, ce que je fis par réflexe, abandonnant encore un peu plus toute chance de poursuivre mon caca nerveux à propos des taches de café sur la table.

« Mon Jojo, on vient te chercher demain à la gare avec maman et après, tu vas voir, on va être champions du monde ! »

Joseph poussa un cri enthousiaste, doublé par la voix chaude de Jérôme.

« Passe une bonne journée Jojo, on te fait des gros bisous et on te voit dans un dodo ! » dit-il tout en faisant des « mouah mouah » près du micro de l'appareil auxquels notre fils répondait par des bruits de lèvres smackées et un petit gloussement.

« Il a l'air en forme ! » ponctua Jérôme en reposant son téléphone sur l'accoudoir du canapé.

« Oui, c'est sûr que ça se passe toujours mieux quand il est avec mes parents qu'avec les tiens. »

Et voilà comment, avec la subtilité d'un char Leclerc dans un vide-greniers, je rouvrais les hostilités.

« On peut savoir d'où ça sort, cette phrase de merde, Ju ? » fit-il en se redressant un peu sur les coussins, mais les yeux rivés sur l'écran de son portable pourtant verrouillé.

Alors que sur l'iPad, les légionnaires, leurs tabliers en cuir et leurs barbes longues descendaient les Champs de leur pas ralenti, on aurait pu entendre un escadron de mouches voler dans notre salon. Des plans de coupe montraient un président Macron qui n'avait pas l'air ravi ravi depuis le plantage des couleurs de la Patrouille de France. Il avait beau être le plus jeune président de l'histoire de la Ve République, il n'avait visiblement pas le même sens de l'humour que notre enfant de trente-deux mois.

Jérôme finit par lâcher son téléphone pour me fixer de son air le plus horripilé. Soudain je n'étais plus si sûre de moi. Une tasse qui fuit, une auréole de café sur une table de récup', tout ça valait-il le coup d'amorcer une violente dispute, et qui sait, une séparation, un foyer brisé, un enfant en thérapie jusqu'à sa majorité ? Sans doute pas, mais j'étais lancée.

« Bah je sais pas, c'est pas Jeannine qui a eu la bonne idée de le planter devant le DVD du *Roi Lion* pendant les vacances de Pâques ? Elle a prévu quoi pour son anniversaire, *La Liste de Schindler, Le Choix de Sophie…* ? »

Jeannine était le prénom de la mère de Jérôme. Son père, lui, s'appelait Jean. Jean et Jeannine, rien qu'en disant ça, on voyait à qui on avait affaire. Et histoire d'enfoncer le clou, mon beau-père avait pour habitude de dire : « Le lapin a sa lapine, le Jeannot sa Jeannine. »

C'était à se demander comment ils avaient pu élever un garçon qui, à l'exception d'une guerre fourbe contre les surfaces en Formica, était malin, poli, intelligent et curieux de tout. Qualités qui ne l'empêchèrent pas de très mal prendre la phrase que je venais de prononcer, laquelle avait donc parfaitement rempli sa mission.

En effet, par ignorance de l'intrigue du film, et donc de la scène des gnous et de la mort de Mufasa, roi des lions et père de Simba, le jeune héros du dessin animé, Jeannine avait laissé Joseph, seul et j'imagine assez démuni face à cette scène qui, du haut de mes trente-cinq ans, parvenait encore à me faire chialer à m'en déclencher une sinusite. Elle n'avait bien sûr pas avoué son erreur, et c'est en récupérant Joseph deux jours plus tard et en lui lisant son histoire du soir, que j'avais cru m'étrangler quand, en plein *T'choupi*, il avait demandé :

« Et le papa de T'choupi aussi il va mourir ? »

*

« Tu peux arrêter avec cette histoire de *Roi Lion*, Juliette ? Ça va, tout le monde peut merder, et il est pas traumatisé non plus Jojo, c'est bon ! »

Les militaires continuaient de défiler sur l'écran, en ayant sans doute bien compris qu'ils avaient perdu, et définitivement, notre attention. Dans notre salon envahi par le soleil d'été, on entendait de nouveau les mouches voler.

Lorsque nous nous disputions, les silences étaient souvent plus terribles que les mots, aussi je décidai de ne pas ouvrir la bouche pendant plusieurs secondes tout en fixant Jérôme. C'est étonnant de voir comme on peut s'aimer si fort, et puis, morceau par morceau, transformer tout cet amour en monument d'exaspération, comme une petite fourmi rouge découpe tranquillement, méticuleusement, la carcasse d'un rongeur mille fois plus gros qu'elle.

« Donc on va passer toute la journée à se faire la gueule pour une histoire de taches de café, vraiment ? On n'a que ça à foutre pour une fois qu'on est tous les deux ? »

Jérôme avait donc parfaitement entendu mon agacement. À tort, il avait aussi estimé qu'entendre la voix de mon fils grâce à la bourde de la Patrouille de France me calmerait, ou en tout cas me ferait passer l'éponge. Et il venait, par sa dernière phrase, de foutre par terre sa fragile manœuvre de diversion. Il avait dit beaucoup d'autres choses aussi, qu'on ne savait plus être à deux, qu'on était devenus comme prévu des parents et plus un couple… mais je n'avais pas envie de les écouter.

Chacun son tour.

Je me lançai en inspirant un grand coup, histoire d'être sûre que la liste de mes doléances concernant le saccage de cette table dure le plus longtemps possible :

« Tu vois, ce qui est IN-SUP-POR-TA-BLE avec toi, c'est que… »

Je n'eus pas le temps de finir ma phrase que Jérôme bondit du canapé et, en une enjambée, comme sur ressorts, m'agrippa les épaules des deux mains.

« Et si plutôt que de me faire chier, et même de nous faire chier avec cette histoire de table, tu me disais ce que tu as VRAI-MENT à me reprocher, Juliette ? »

*

La réponse à cette question était pourtant simple. Je voulais un deuxième enfant, je voulais qu'on se marie, je voulais même qu'on déménage, et, en effet, je n'en avais au fond rien à foutre de ces traces de café sur la table dans la cuisine.

Jérôme lui ne voulait rien de tout ça, et s'en défendait en affirmant qu'il nous trouvait « très bien comme ça ». Il n'entendait pas mon angoisse de faire de Joseph un enfant unique, même si lui comme moi avions souffert plus jeunes de l'être.

Il ne comprenait pas pourquoi on devait envisager de se marier alors que le Pacs nous protégeait déjà et constituait pour lui un engagement bien assez important. Enfin, en bon allergique au changement, la perspective de devoir trier, ranger, faire ses cartons – pour les défaire ensuite –, et changer ses habitudes du lever au coucher, en trouvant un autre endroit où vivre, lui semblait au mieux farfelue sinon complètement con. Il ne voulait pas voir que notre quartier n'était plus le même depuis presque trois ans, que sans nous en rendre compte, l'atmosphère particulièrement chargée après les attentats nous avait peu à peu durcis, un peu séchés, et que lui comme moi aurions tout intérêt à changer d'air. Au contraire, il bottait en touche, et dès que le sujet de déménager revenait sur le tapis, il usait de la même pirouette qui commençait à sentir la naphtaline :

« Ah ah mais oui Ju, le changement, c'est maintenant ! » tout en mimant le geste idiot des bras qui accompagnait ce slogan lors de la campagne électorale de François Hollande en 2012.

Ses mains toujours ventousées à mes bras, Jérôme attendait à son tour une réponse de ma part. J'entendais au loin les vrombissements des différents avions et autres hélicoptères de l'armée de l'air. Je me demandais quelles étaient les probabilités pour que l'un d'entre eux tombe à cet instant précis sur le toit de notre immeuble. Je me disais qu'il y avait parfois des inconvénients à ne pas vivre dans des pays en guerre et donc à n'avoir jamais l'option « un obus vient de passer par la fenêtre de la salle à manger » pour s'épargner une discussion plus que pénible. Avant de reconnaître que c'était quand même pas terrible de souhaiter une guerre mondiale pour éviter d'affronter ses conflits intérieurs.

Notre appartement sentait à la fois le café chaud et le café froid, c'était étrange comme mélange. Pas terrible non plus. Ça donnait envie de partir en claquant la porte et surtout de ne plus ouvrir la bouche. Pourtant, je n'avais plus vraiment le choix, alors, sans trop réfléchir, comme on se jette par la fenêtre d'un immeuble en feu, pour faire semblant de décider de quelque chose, je lançai :

« Je veux un autre enfant. »

Ses mains, toujours serrées sur chacune de mes épaules, d'un coup m'abandonnèrent. Retournant vers le canapé, son téléphone et son café froid, il lâcha juste :

« Bah, pour ça, faudrait déjà qu'on baise. »

*

Sur l'iPad, Brigitte Macron en gros plan semblait jouer le rôle de témoin de notre duel. Elle était concentrée, grave. Notre salon était devenu une clairière à l'aube, où le premier à dégainer, contre toute attente, avait finalement été Jérôme.

« Classe, Jérôme, très classe », ai-je répliqué en mimant des applaudissements et en espérant que derrière sa paroi en verre, la première dame approuvait ma remarque. Ce qu'elle ne fit pas, ou alors très furtivement.

Le père de mon fils semblait très fier de sa sortie, et occupait maintenant toute son attention à cureter, à l'aide de ses ongles, le dessous de son gros orteil. Geste qui, ironie de la situation, donnait encore moins envie de lui sauter dessus. Je résistai au plaisir de le lui faire remarquer, car déjà quelque chose d'autre se tramait dans mon corps, comme une sorte de vague qui démarrait minuscule, à peine visible, au niveau des chevilles et qui, remontant vers ma tête, se chargeait, se gonflait pour se transformer en tempête tropicale dès le nombril passé. Arrivée à mes épaules, c'était un raz-de-marée ; une fois sortie de derrière mes dents, un tsunami.

Un tsunami que Jérôme allait se prendre en pleine face sans avoir même eu le temps de se boucher le nez. Les deux pieds ancrés dans le parquet, je gonflai fort mon thorax pour ne surtout pas manquer d'air avant de me lancer.

5…

4…

3…

2…

1…

« Alors déjà, pardon mais si, on “baise” comme tu dis, enfin il me semble hein, alors oui, hein, peut-être moins qu'avant, oui ça c'est sûr, OK, mais pardon hein, pardon d'avoir autre chose à foutre de mes journées que de t'envoyer des photos salaces pour te chauffer et me faire sauter le soir dans les onze minutes que j'ai au calme avant de m'écrouler de fatigue. Pardon d'avoir à gérer les cauchemars de Joseph, les changements de draps pleins de pisse à 2 heures du mat' parce que ta conne de mère l'a traumatisé avec son putain de *Roi Lion*, pardon d'avoir parfois trop de boulot et d'aimer passer mes week-ends à préparer des powerpoints pour être un peu bien dans mes pompes le lundi matin quand j'arrive au taf, pardon d'avoir l'impression que mes seins ressemblent à des rollmops et d'avoir plus envie de te les montrer trop souvent pour que tu ne puisses pas mentalement les comparer à ce qu'ils étaient quand tu m'as connue, pardon d'avoir pris du cul quasiment autant que j'ai perdu de l'enthousiasme pour aller baiser sous la douche, et pardon de ne pas avoir vraiment l'énergie de me transformer en femme fatale qui te bande les yeux quand tu arrives à la maison alors qu'en général la première chose que tu demandes quand tu passes la porte, c'est si j'ai pris le PQ que tu préfères chez Franprix. »

Sans lui laisser le temps d'intégrer et encore moins de digérer ce que je venais d'énoncer, je continuai, en apnée ou presque :

« Oh, et pardon de ne pas t'envoyer des petits messages pleins de cœurs et de sous-entendus lourdingues comme ta connasse de collègue qui fait vibrer ton téléphone à n'importe quelle heure du jour et de la nuit, et pardon d'avoir foutu mes strings à la poubelle pour ne garder que des sous-vêtements qui n'ont pas l'ambition de devenir un de mes organes internes, pardon aussi de considérer que notre avenir se situe un peu plus loin que la prochaine pipe que je vais te tailler parce que j'aurais eu la flemme de faire plus. Pardon de ne plus vouloir vivre dans un quartier qui pue la mort, Jérôme, tu m'entends, ça schlingue la mort partout. Pardon, hein, pardon d'avoir l'impression d'enjamber des cadavres chaque fois que je vais acheter des chouquettes et pardon de trouver ça insupportable, et pardon, oh mon Dieu, un grand pardon Jérôme, de vouloir continuer à construire des choses avec toi, au bout de six ans, alors que bon, on est bien comme ça hein, mais oui, ON EST BIEN COMME ÇA. »

*

Brigitte Macron avait disparu de l'écran pour laisser la place à une cinquantaine de véhicules d'urgence qui semblaient vouloir tous venir à la rescousse de notre couple. Jérôme avait lâché son gros orteil. Les mouches étaient sans doute toutes installées sur le rebord de la fenêtre en train de manger du pop-corn et d'attendre la suite. Moi, j'avais les genoux qui tremblaient, comme si chaque mot qui venait de sortir de ma bouche avait emporté avec lui un petit morceau des muscles de mes cuisses.

Plusieurs minutes ont passé sans qu'aucun de nous dise quoi que ce soit. Ma gorge se serrait de plus en plus, je pouvais sentir aussi les pulsations de mon sang dans mes tympans. Je venais d'exploser et pourtant c'était comme si j'allais recommencer, là, tout de suite, comme si j'étais coincée dans une boucle spatio-temporelle de plombs qui pètent. Toutes ces choses que je retenais depuis des mois, voire des années, venaient d'exploser à cause d'une auréole de café sur une table en Formica. Je voulais partir mais j'étais pieds nus. Il faut toujours faire attention à ce que l'on a aux pieds avant de s'élancer dans une tirade, surtout quand c'est une tirade atomique. Ma gorge continuait de se serrer, celle de Jérôme, elle, maintenait son embargo sur la parole. Ses yeux fixaient le sol, là où, il y a longtemps, s'étalait Simone, notre tapis.

Ne voyant pas très bien ce que l'on pouvait ajouter, ce qui pourrait nous sauver de ce que je venais de lâcher, je me dirigeai à reculons vers la porte d'entrée. Tant pis pour les pieds nus, à la mi-juillet, le quartier était de toute façon vide des gens habituels et plein de touristes que je ne reverrais jamais. J'avais réussi à attraper mon sac sur le porte-manteau et mes clefs accrochées à un petit clou dans le mur près de la porte. Il ne me restait plus qu'à m'engouffrer à l'extérieur de cet appartement. J'avais presque réussi quand une ombre est apparue dans mon champ de vision. Jérôme venait de se jeter à mes pieds. Sans même remarquer qu'ils étaient nus.

« Je suis désolé, Juliette, je suis une merde, une énorme merde, j'ai tout foiré. »

Puis il se mit à parler comme Michel Jonasz.

« Je veux pas que tu t'en ailles. »

*

« Eh bien moi je veux prendre l'air, donc attrape tes chaussures, et les miennes tant que tu y es, et on sort. »

Nous avons marché en silence, tout droit, jusqu'à la Seine. Puis nous avons tourné à droite, en suivant le cours du fleuve, histoire d'avoir un rythme, un but. Au pire on aurait pu marcher jusqu'à la mer. L'air était doux, les gens de bonne humeur en ce samedi férié. On sentait sur les visages que l'on croisait quelque chose de léger, de facile, un peu hors sol. La finale de foot du lendemain propulsait touristes et Parisiens dans une sorte de liesse par anticipation. Des cortèges de véhicules plus ou moins impressionnants, tous dans des teintes de kaki et d'imprimé camouflage, nous barraient à certains endroits le passage, nous contraignant alors à nous arrêter pour regarder passer cette espèce d'armée qui semblait être celle de notre désamour.

Nous avons continué de longer les quais, profité, toujours en silence, de la fraîcheur offerte par le fleuve qui clignotait sous le soleil de juillet et me confirmait une chose : il vaut mieux s'engueuler quand il fait beau.

« On peut remonter au prochain pont et aller prendre un Perrier au Fumoir, si tu veux ? »

Jérôme était en train d'essayer de me prendre par les sentiments, sans subtilité, plutôt à la recherche de l'efficacité. Le Fumoir, café près du musée du Louvre, avait été le théâtre de nos premiers rendez-vous, ceux où l'on se parle beaucoup et où l'on s'embrasse encore plus. Dans les gros fauteuils clubs en cuir qui nous contraignaient à une séparation momentanée, nos retrouvailles à chaque pause cigarette n'en étaient que plus intenses, comme si l'absence avait duré des années. Nos soirées là-bas semblaient d'ailleurs s'étirer sur des semaines.

Me proposer en pleine journée et en plein conflit d'aller y boire une eau gazeuse était une manœuvre un peu grossière mais qu'il aurait été idiot de ne pas tenter, et en effet, certains lieux, quoi qu'il se passe autour, vous donnent toujours envie d'y revenir. Le Fumoir était un de ces endroits-là, un giron, une toute petite résidence secondaire qu'on partageait avec d'autres, tout en y étant seuls au monde.

« Si tu veux. J'ai soif de toute façon. Mais en terrasse hein, pas dedans. »

Jérôme avait toujours eu horreur de s'installer à l'extérieur, il trouvait les chaises trop proches d'une rue trop bruyante, trop encombrée de moteurs, et préférait le confort tranquille de l'intérieur et nos allers-retours de fumeurs. Je le savais, c'était une façon de renvoyer fermement dans les cordes sa tentative de me radoucir à grands coups de nostalgie. Il bredouilla un « oui » qui validait ma demande.

Installés, ou plutôt encastrés entre deux groupes de touristes parlant trop fort, entre eux autant que dans leurs téléphones, nous faisions face à nos Perrier tranche et à l'arrière de la cour carrée du Louvre. Jouant avec la petite touillette en plastique vert translucide, Jérôme se lança enfin :

« Je suis désolé pour les messages d'Amandine. Il faut vraiment que tu me fasses confiance là-dessus : il ne s'est rien passé. C'est juste qu'elle me regarde avec ses grands yeux pleins de cils et je suis un gros con qui aime bien plaire de temps en temps. Alors je réponds des cœurs à ses cœurs. Je n'ai jamais passé de temps avec elle en dehors du boulot et je n'en ai jamais eu l'envie. »

Les larmes glissaient tout doucement sur ses joues, sans un bruit. Si l'une d'entre elles n'avait pas attiré mon regard en capturant un instant un rayon de soleil, j'aurais pu les rater.

« Ça me rend malade d'avoir pu te faire du mal avec un truc aussi débile », poursuivit-il.

Je triturais la rondelle de citron au fond de mon verre, consciencieusement. Je savais qu'il n'avait pas fini.

« Bien sûr qu'on baise et je ne sais même pas pourquoi je t'ai dit cette connerie tout à l'heure. J'aime ton corps Juliette, comme il est, comme il a été et comme il sera. Tu te rappelles ce qu'on se disait au début ? Ton corps… »

« … c'est mon corps », murmurai-je.

Cette fois, c'était sur mes joues que les larmes dévalaient. Le souvenir de cette phrase, prononcée un matin d'été, au tout début de notre histoire, venait de me rattraper. Au départ, elle n'était même pas supposée être romantique. Nous étions nus sur un lit sans draps ni couette à cause de la chaleur et nos jambes, au fur et à mesure de nos manœuvres d'amants, s'étaient un peu emmêlées les unes dans les autres, si bien qu'on ne pouvait plus trop dire qui était qui. Puis, au fil des semaines et de l'amour qui se construisait, cette phrase était devenue le symbole de ce que nous ressentions l'un pour l'autre, de cette fusion, de cette impression qu'ont les amoureux de former un tout, enfin.

*

« Et pour le bébé ? »

Les abcès crevaient les uns après les autres, je comptais en profiter. Je voulais bien croire Jérôme pour cette fille et pour mon corps. Mais il n'était pas question de le lâcher sur ce point-là et de revivre, comme avant Joseph, une longue période à espérer plutôt que demander.

C'est le moment que nos voisins de droite ont choisi pour augmenter encore leur niveau sonore, leur déjeuner s'étant terminé par des petits verres de limoncello enchaînés assez rapidement. Il n'était désormais plus possible de s'entendre entre nous, ni même de distinguer le fond de ses propres pensées. Jérôme plongea sa main dans la poche de son jean pour en sortir un billet de 10 euros et quelques pièces. Il déposa le tout dans un « clac » amplifié par le métal de la monnaie et la forme un peu arrondie de sa paume. À peine le bruit retombé, Jérôme était debout face à moi et me tendait la main.

Nous avons repris notre marche muette, cette fois le long du musée du Louvre. Jérôme marchait à plus vive allure qu'avant notre pause, il semblait savoir exactement où il allait et pressé d'y arriver. Je n'avais pas lâché son bras, et il serrait le mien contre lui aussi fort qu'il le pouvait. Nous avons franchi la grille du jardin des Tuileries côté place des Pyramides et marché dans la poussière blanche remuée par les gens autour de nous. Ça sentait le sucre, l'huile de friture, un peu la poudre aussi. Nous remontions le long de la fête foraine qui s'installe là tous les étés. On pouvait entendre les « bip-bip » des manèges pour enfants, les « schpoum » des autos tamponneuses qui se rentraient dedans suivis d'éclats de rire. Au loin, les cris de ceux qui s'étaient risqués dans des attractions plus périlleuses, comme celle qui vous lançait dans une sorte de cage ronde, à toute vitesse, vers le ciel de Paris. Je ne comprenais pas trop ce que nous faisions ici, car d'aussi loin que je pouvais me souvenir, Jérôme était très sensible au vertige et par conséquent peu friand de ce genre d'endroits, sauf une fois ou deux pour une pêche aux canards avec Joseph.

« On va où comme ça exactement ? » ai-je fini par demander.

Jérôme a souri sans me répondre, mon bras toujours serré dans le pli du sien. Le temps de poser ma question, nous étions parvenus au pied d'un manège, tout jaune et rouge, des lumières un peu partout. Son concept était assez simple. Une structure en étoile sur laquelle étaient attachées des sortes de longues balançoires en métal couleur bonbon à la fraise, où l'on devait s'asseoir à deux. Une fois en marche, la nacelle supérieure se relevait et tournait sur elle-même, entraînant les doubles chaises au bout de leurs chaînes dans un mouvement calme et oblique, à une dizaine de mètres du sol. Tout ce que Jérôme détestait, tout ce que j'adorais plus jeune.

*

« Deux tickets, s'il vous plaît. »

Jérôme n'avait pas lâché mon bras, et de son autre main, comme il l'avait fait quelques minutes plus tôt au Fumoir, il fouilla dans sa poche pour en sortir un billet de 20 euros cette fois. J'aurais pu me demander à cet instant précis pourquoi son pantalon semblait s'être transformé en Banque centrale européenne mais la sidération de le voir prendre des dispositions menant à le faire grimper sur l'une de ses plus grandes phobies l'emporta.

« Tu es sûr de toi ? » ai-je à peine eu le temps de demander que déjà il m'avait, dans un sourire et trois enjambées, emmenée devant une des balançoires à deux places. La sidération ne me quitta pas durant les deux minutes qui précédèrent la mise en route du manège. Lui souriait, calmement. Dans un vrombissement, nos sièges se sont soulevés, nos pieds ont quitté le sol, d'abord de quelques centimètres à peine, puis en quelques instants nous étions déjà en train de tourner à deux mètres au-dessus des gens. On pouvait commencer à admirer la vue merveilleuse sur Paris que nous offraient les mètres supplémentaires que nous étions en train d'atteindre. Jérôme serrait très fort ma main dans la sienne à présent et je sentais, à travers ma paume, que cette énergie n'avait rien à voir avec la peur mais était plutôt poussée par l'envie d'être au plus près l'un de l'autre. Paris se déroulait sous nos yeux, comme un petit film qui durerait une vingtaine de secondes et tournerait en boucle sans jamais nous lasser. Je ne savais pas trop quoi dire à cet instant, et tant mieux. Je sentais que, de toute façon, Jérôme voulait continuer à parler, et il valait mieux lui laisser le plus d'espace de silence possible pour le faire. Sans me regarder, il a posé sa deuxième main sur celles que nous avions déjà nouées. Et calmement, dans le brouhaha un peu lointain de la fête foraine et du trafic qui reprenait doucement rue de Rivoli, il m'a dit :

« Tu vois, Juliette, j'ai toujours eu peur des hauteurs et des manèges, mais avec toi, j'aurais dû m'en douter, en fait ça va, et même, c'est plutôt agréable. »

Je me demandai de quoi parlaient les couples assis sur les autres balançoires autour de nous, mais j'étais prête à parier que ce n'était pas aussi intense.

Tout en caressant doucement le dos de ma main, Jérôme prit une grande inspiration et continua à parler, en regardant nos pieds à douze mètres du sol.

« Avoir un enfant me faisait peur, et on l'a fait. J'ai eu peur ensuite de trop l'aimer ou pas assez, mais tout s'est bien passé avec lui. Et puis j'ai eu peur qu'on change tous les deux, et c'est arrivé, mais finalement, on a gagné aussi beaucoup dans tout ça. Du coup maintenant j'ai peur qu'un deuxième enfant rebouleverse tout et qu'on soit obligés de tout reconstruire. C'est comme pour ce manège, Ju, en fait j'ai peur d'avoir peur. Mais quand tu es là, tout va bien, et faut juste que je me souvienne de ça. »

Un silence s'est installé, le temps de voir passer environ deux fois la tour Eiffel dans notre champ de vision. Puis j'ai posé ma seconde main sur notre paquet de doigts et j'ai demandé, la gorge serrée par je ne sais même plus quoi :

« C'est un oui ou c'est un non, Jérôme ? »

La nacelle commençait à redescendre. Paris s'effaçait un peu plus à chaque passage. Puis le sol est revenu sous nos pieds, le brouhaha a repris de plus belle. Jérôme a enlevé ses mains des miennes, s'est relevé et, au moment où nous quittions la structure métallique du manège, a mis un bras autour de ma taille, enroulé l'autre autour de mes épaules, et la tête calée au creux de mon cou, ses larmes venant rafraîchir la peau si fine à cet endroit, il a dit : « C'est un oui. »

*

Nous sommes rentrés à la maison en louant des Vélib', pour aller plus vite, et pour ne pas marcher dans les traces encore plombées de nos pas de l'aller. Je regardais Jérôme pédaler devant moi, songeant que, si violente qu'elle ait pu être au départ, cette dispute tombait bien, car pour vingt-quatre heures encore, nous étions ce jeune couple sans enfant, sans contraintes, sans obligation d'être rentré pour le bain ni de mission pour trouver des Pom'Potes un jour férié. Pour quelques heures nous allions pouvoir profiter de ce calme retrouvé entre nous, de cet armistice un jour de défilé militaire.

Dès l'ascenseur, Jérôme s'amusa à glisser ses mains sous mon T-shirt alors que je cherchais mes clefs. M'embrassant là où un peu plus tôt il avait murmuré son « oui », il semblait irréel de se rappeler comment, quelques heures plus tôt, nous étions ces deux êtres incapables de se parler autrement que comme on se mord à la carotide. La porte de l'appartement refermée, Jérôme m'a soulevée en direction de la chambre, ne permettant pas le moindre regard sur le salon ou la cuisine, terrain de bataille à l'abandon.

*

C'est en voyant le jour tomber que nous avons compris que, comme au tout début de notre histoire, nous venions de passer des heures à nous aimer, nous embrasser, nous parler la tête sur les fesses de l'autre. La faim, après n'avoir rien mangé de la journée, avait fini par nous sortir de cette espèce de spirale charnelle où, comme avant, la peau de l'un était redevenue la peau de l'autre.

« On sort dîner ? »

Je ne sais même plus qui de lui ou de moi a posé la question.

Le temps d'une douche ensemble, nous étions de nouveau dans la rue, les cheveux un peu mouillés et les joues bien roses, à la recherche d'un endroit où manger quelque chose, car même nous, même avec ce retour d'amour au creux de nous, nous ne pouvions pas vivre que de ça et d'eau fraîche.

Deux plats de raviolis à la truffe d'été et une bouteille de montepulciano nous tenaient compagnie, dans un petit restaurant du quartier, où les autres clients ne parlaient plus qu'anglais. Nous étions comme les derniers Parisiens encore à Paris, et cette impression d'être seuls au monde nous convenait assez bien.

Alors que je prenais une gorgée de ce vin rouge un peu puissant qui allait parfaitement avec les arômes de mon plat, Jérôme me posa une question qui manqua de me faire tout recracher par le nez.

« Tu préférerais avoir un autre garçon ou une petite fille ? »

La veille, il ne voulait pas entendre parler d'enfants, aujourd'hui, il achetait mentalement de la layette. C'est ce que j'aimais le plus chez lui je crois, même si parfois je manquais d'avaler de travers.

Prenant une gorgée d'eau pour me remettre du détour pris par ma nourriture, je répondis juste :

« Et toi ? »

« Je crois que j'aimerais bien une petite fille. Une fille d'avril comme dans la chanson de Voulzy. »

Les yeux soudain embués, et ça n'avait rien à voir avec ma presque fausse route, je glissai de la banquette en cuir sur laquelle j'étais installée pour aller m'asseoir sur les genoux de Jérôme, et le serrer dans mes bras. Dans le creux de son cou, à la naissance de sa petite barbe de trois jours, tout comme lui en sortant du manège, je glissai un message :

« Je vais voir ce que je peux faire, dans ce cas. »

Nous avons fini nos pâtes, partagé un tiramisu en buvant un dernier verre de vin. Puis nous avons marché doucement jusqu'à chez nous, sans rien presser, en prenant même le temps de nous embrasser tous les trois pas et de fumer une cigarette devant la porte de l'immeuble. Nous n'avions pas fumé ensemble depuis très longtemps. Pendant un bref instant, le vin et cette drôle de journée aidant sûrement, je n'étais plus trop sûre de savoir quel jour ni quelle année nous étions exactement. Après être allé mettre nos mégots écrasés dans la poubelle sur le trottoir d'en face, Jérôme revint calmement vers la porte, tapa le code d'une main et glissa l'autre le long de mon bras pour attraper mes doigts. L'ascenseur nous attendait, comme s'il savait que nous n'aurions pas pu patienter une minute de plus. À peine arrivés dans notre entrée, nous étions déjà presque nus. Dans un rire, je dis à Jérôme :

« Si ça ne t'embête pas, allons dans la chambre. Je n'ai pas envie de concevoir notre fille sur l'horrible commode que nous a refilée ta mère. » Il éclata de rire à son tour et, en me portant à nouveau vers la chambre, murmura :

« On avait dit : pas les mamans, pas les vêtements. »

*

Vers 2 heures du matin, j'ai eu soif, Jérôme aussi. Sans me rendre compte de la stupidité de ma phrase, j'expliquai :

« C'est la truffe ça, ça donne toujours hyper soif la truffe. »

Jérôme fut pris d'un fou rire, qui donna à son visage une expression merveilleuse. J'insistai :

« Mais quoi, c'est vrai ! Rigole pas, la truffe ça donne soif, c'est salé, ou je ne sais quoi. »

Il me prit dans ses bras, toujours secoué de rire, et me murmura :

« Mais oui, ma Juliette, c'est la truffe, c'est pas du tout le fait d'avoir passé la journée à baiser, c'est la truffe. Vilaine truffe, vilaine ! »

Alors que je rougissais presque de ma naïveté, Jérôme, les fesses à l'air, alla dans le salon en reprenant son téléphone, resté dans la poche de son jean qui traînait par terre, dans le sillage du reste de nos vêtements. Le « bip » de l'enceinte Bluetooth lorsqu'elle se relie à un appareil extérieur me mit sur la voie. À peine le temps d'entendre un peu de guitare et de piano, et Jérôme, toujours la quéquette à l'air, me rejoignit dans la cuisine et se mit à danser doucement avec moi. Les paroles venaient se cogner aux murs de l'appartement.

C'est une fille d'avril
Pauvre de moi
Une fille difficile
Elle ne veut pas
Découvrir d'un fil
Tout ce qu'elle a
Ni son cœur ni son corps
C'est comme ça.

Puis nous sommes allés dormir. Par la fenêtre ouverte, on entendait au loin les derniers feux d'artifice des villes de la banlieue est de Paris.

*

En regardant les premières gouttes passer une à une par le filtre en papier pour atterrir dans le réceptacle en Pyrex de la cafetière, j'ai pensé que c'était un peu fou la vie parfois. En l'espace de vingt-quatre heures, les choses s'étaient totalement transformées. Les traces de tasse de café qui, la veille, me faisaient monter la tension à 18, étaient ce matin les complices d'un bonheur retrouvé. Elles étaient là, définitivement tatouées sur la table en Formica, et pourtant je leur souriais. Sans ces marques, sans la dispute qui avait suivi, sans le pouvoir tachant du café, la journée n'aurait pas été si orageuse et la nuit si belle.

Et si j'étais tombée enceinte cette nuit ? La main sur le ventre, je regardais tranquillement ce nouveau café du jour franchir peu à peu les graduations de la carafe en verre. Amusée, je me demandais ce que cet arabica-ci nous apporterait. Une maison de campagne ? Un voyage ? Un chien ? Un poney ? Peut-être pas un poney, même si Joseph aurait été encore plus content de rentrer chez nous tout à l'heure et d'y découvrir qu'une telle créature l'attendait devant le paillasson. Pour l'accompagner à son premier jour de maternelle, on peut dire que ça aurait fait son petit effet. Mais non, pas de poney pour aujourd'hui. Mais une maison à nous… qui sait. J'avais tellement l'impression d'avoir retrouvé le Jérôme des débuts, de ces premiers mois où il était si instinctif, impulsif aussi. Celui qui décidait le vendredi à 12 h 25 de prendre des billets de train pour passer le week-end dans des destinations assez éclectiques mais toujours motivées par son envie de me montrer les choses qu'il aimait et connaissait. La première fois, on s'était retrouvés à Copenhague pour trois jours avec des billets pris la veille. Notre histoire se comptait encore en semaines à l'époque et j'avais su, pendant ces trois jours danois, que nous irions loin ensemble. Parfois, à la grande loterie de la virée au débotté, la destination s'avérait moins dépaysante, mais pas forcément moins charmante. Cette autre fois, ensemble depuis six ou sept mois, nous étions au téléphone quand soudain la discussion avait glissé d'une fin de rhume à la météo, de la météo à la Bretagne, de la Bretagne au Mont-Saint-Michel et du Mont-Saint-Michel à Saint-Malo, où je n'étais jamais allée.

« T'es jamais allée à Saint-Malo ?!? Mais t'étais retenue en otage avant que je te rencontre, Juliette ? Ou t'étais en colocation avec Natascha Kampusch ? Bouge pas, attends… clic… tu bosses jusqu'à quelle heure aujourd'hui ? Cool. Clic… voilà c'est bon, on part à 17 h 32, on y sera pile pour les bulots, le vin blanc et l'apéro sur le port. »

Ces trois jours malouins avaient eux aussi été parfaits. L'hôtel si près de la mer qu'on aurait pu se faire réveiller par les embruns ou les goélands, la météo particulièrement clémente pour un milieu d'automne, l'absence de foule dans les petites ruelles intra-muros, même nos interminables séances de selfies le long des remparts semblaient avoir été chorégraphiées. La lumière dorée des fins de journée nous rendait beaux sur toutes les photos que nous avions prises. C'était si beau que je n'avais pas osé avouer à Jérôme que j'avais les fruits de mer, et particulièrement les bulots, en horreur. Il faut s'aimer très très fort pour engloutir avec le sourire ce qui pour moi ressemble à des crottes de tortue marine.

Et puis les enthousiasmes du début s'étaient engourdis avec le temps, et puis Joseph était arrivé, et puis on s'était dit qu'on attendrait un peu pour bouger avec lui. Les enfants, surtout en bas âge, sont les ennemis de la spontanéité.

*

Le café était presque prêt. Son odeur avait envahi la cuisine et une partie de l'appartement. La petite fenêtre au-dessus de l'évier était restée entrouverte toute la nuit et faisait entrer ce parfum si particulier des étés à Paris. Les deux fragrances mélangées laissaient soudain une empreinte dans mon cerveau. Celle du « tout va bien », celle du « l'homme que j'aime m'aime aussi et nous aurons peut-être bientôt un deuxième enfant ». C'était une odeur qui faisait presque monter les larmes, celles qu'on laisse couler quand tout est si parfait. Je fredonnais doucement *Fille d'avril* quand le « clic » ou plutôt le « clounk » de l'appareil m'avertit que le café était prêt. Je décidai alors, plutôt que de m'en faire couler une tasse et la boire debout en écoutant la radio, de préparer un plateau de petit déjeuner pour aller réveiller Jérôme que j'avais laissé ronflant dans la chambre. Le frigo n'était pas très garni, mais je réussis à constituer un semblant de repas matinal. Muffins anglais grillés, beurre salé, reste du pot de confiture raclé de façon chirurgicale pour en récupérer un maximum et placé dans un coquetier pour faire plus hôtel de charme que fond de tiroir. Par miracle, il restait un gros pamplemousse dans le bac à légumes qui, une fois pressé, remplissait largement deux verres. Tout était en place sur le plateau au motif floral trouvé en soldes dans le Monoprix près de la maison. Celui où, il y avait un peu plus de trois ans, j'avais acheté le nœud en bolduc. Le plateau datait à peu près de la même période d'ailleurs, et ce clin d'œil involontaire de la vie me décrocha un sourire. Est-ce que j'avais fait un enfant avec Jérôme cette nuit ? Le plateau en mélanine semblait me dire que oui. J'ouvris le placard où se trouvaient les tasses pour parfaire ce menu de choix, en saisis deux très peu assorties ni même jolies, mais des tasses que Joseph avait choisies avec amour quelques semaines plus tôt lors d'une promenade dans un vide-greniers près du canal Saint-Martin. Sur l'une une sorte de paon, sur l'autre son cousin flamant rose. Graphiquement, c'était une catastrophe, mais en les voyant il avait crié : « C'est la tasse de papa et ça c'est la tasse de maman » et pour 3 euros les deux nous n'avions pas osé le mettre face à son manque de goût. Après un passage au lave-vaisselle, elles étaient depuis restées au fond du placard. À notre grand soulagement, Joseph les avait presque instantanément oubliées et je voyais déjà le moment où je serais moi-même en train de les revendre dans un futur vide-greniers. Le cycle de vie des objets laids, j'imagine.

Le café servi, il ne me restait plus qu'à le poser sur le plateau et l'apporter à Jérôme sans trop tarder pour ne pas le laisser tiédir. Je traversai l'appartement doucement, prenant soin de ne pas faire déborder les tasses un peu trop remplies sur les muffins beurrés. Cela me demanda une concentration qui me confortait dans l'idée que je n'aurais jamais pu travailler dans la restauration. Je tendis trois doigts de sous le plateau pour faire tourner le bouton de porte avec une agilité très relative. Juste avant de me lancer, je considérai l'action. Cette vieille porte, ce mécanisme hors d'âge, le manque de dextérité de mon côté, rien n'était là pour assurer le succès du geste. Sans la maîtrise totale de mes mains, je pouvais être sûre qu'un gros grincement, probablement suivi du claquement vif du pêne, allait réveiller Jérôme.

« Je vais poser le plateau par terre et faire ça bien », pensai-je alors. Jusqu'au bout, on peut toujours décider de se donner les moyens de ses ambitions, ça a toujours été mon credo. Même si l'ambition est de ne pas renverser du café sur une tartine. Le petit déjeuner au sol, je tournai délicatement la poignée de faïence qui fermait la porte de notre chambre.

*

Instantanément, j'ai su que quelque chose n'allait pas. Une onde peut-être, la façon dont l'air circulait dans la pièce, je ne sais pas. Les poils de mes bras se sont dressés, j'ai eu l'impression que tout le sang de mon corps s'était réfugié sous mon estomac. De très longues secondes s'écoulèrent. J'étais paralysée. Au bout d'un temps qui me sembla être une décennie mais qui n'avait probablement duré qu'une petite quinzaine de secondes, je déverrouillai ma cheville pour faire un pas vers le lit. J'ouvris la bouche sans qu'aucun son trouve une sortie, même de secours. Après un deuxième pas d'une jambe qui semblait être à la fois en plomb et en coton, je réussis, dans un effort qui n'était désormais presque plus le mien, à souffler :

« Jérôme ? »

Puis :

« Ça va ? »

Je connaissais déjà la réponse à cette question, à peine la porte ouverte, c'est le silence qui venait de transpercer mon corps tout entier. Jérôme était un gros ronfleur, surtout en fin de nuit. C'était l'objet de rires entre nous, parfois de tension quand le manque de sommeil après la naissance de Joseph nous avait rendus moins tolérants sur la tranquillité des nuits.

Là, pas un bruit, pas un souffle.

Le bras de Jérôme pendait hors du drap, le long du matelas, la main dans une position étrange, la paume vers le ciel. J'avançai comme dans de la glu, comme dans les sables mouvants de la baie du Mont-Saint-Michel, ceux que l'on voit sur l'aimant du frigo. Chaque pas se faisait plus difficile, comme si je devais me laisser engloutir par un buisson de ronces, sans qu'on me laisse le choix de refuser. J'arrivai près de Jérôme, et comme si tout à coup mon esprit était sorti de mon corps, je vis ma main se poser sur son omoplate gauche et faire un petit mouvement de va-et-vient. Toujours spectatrice de moi-même, je me suis entendue lui dire :

« Tu as mal quelque part ? »

*

Je ne me souviens pas d'avoir appelé les pompiers, mais je me souviens de les avoir attendus, pieds nus sur le paillasson. J'ai encore sur la voûte plantaire la sensation des milliers de brins de crin qui viennent chatouiller les nerfs. Je ne me souviens pas de combien ils étaient ni de l'heure à laquelle ils sont arrivés, mais je me souviens de toutes leurs questions.

« La victime a-t-elle consommé de la drogue ? »

« À quelle heure avez-vous parlé à la victime pour la dernière fois ? »

« La victime s'est-elle plainte de douleurs ? »

« La victime suit-elle un traitement particulier ? »

Qui était cette victime dont ils me parlaient, mon cerveau et mon corps n'en avaient aucune idée, mais je me souviens d'avoir répondu, comme une bonne élève, comme s'il s'agissait d'un quiz, sans bien comprendre ce qu'il y avait à gagner. Les pompiers m'ont demandé d'aller dans la cuisine pour patienter, l'un d'eux m'a fait couler un verre d'eau. Le pot de confiture raclé était toujours près de l'évier. Ça sentait encore le café chaud. Le pompier m'a fait asseoir sur l'un des tabourets qu'on avait pris l'habitude de glisser sous la table en Formica. Je fixais les traces de la tasse de la veille. Au loin, j'entendais le bruit des pas au fur et à mesure des allers-retours des sauveteurs, et les différents bips des différentes machines, et même celui des Velcro que l'on arrache et recolle. La voix des pompiers faisait une sorte de murmure que je n'arrivais pas à décrypter, mais je crois que même s'ils avaient déclamé chacune de leurs phrases dans un mégaphone, je n'aurais toujours pas compris un mot. Le pompier présent à mes côtés semblait s'être assigné la mission de me faire boire l'intégralité de mon verre d'eau. Pour ne pas être désobligeante, je prenais à intervalles quasiment réglés sur une partition des petites gorgées qui n'auraient pas pu désaltérer un menu moineau.

Tout à coup, les allers-retours se sont faits plus rares, les bips et les scratchs ont disparu. Le silence était de retour. Un de ses collègues passa une tête dans la cuisine, échangea un regard avec le pompier du verre d'eau. J'aurais préféré ne jamais voir ce regard. Il aurait mieux valu à cet instant précis avoir les yeux rivés sur mon verre d'eau, sur la tache de café, sur mes pieds, sur le pot de confiture, sur n'importe quoi mais pas sur ce regard qui venait de hurler ce que le silence m'avait déjà murmuré.

*

Les deux pompiers m'ont escortée jusqu'au canapé où m'attendait celui qui semblait depuis le début des opérations être leur chef. Il se tenait debout, presque au garde-à-vous, et m'invita à m'asseoir, faisant de moi l'invitée de mon propre salon. On m'apporta à nouveau un verre d'eau, le même que celui que j'avais eu le plus grand mal à vider. C'était une sorte de supplice des Danaïdes à l'envers. J'avais envie de briser ce verre sur le parquet, mais j'étais sûre qu'on m'en apporterait un autre, tout aussi rempli. Comme s'il s'agissait d'un geste répété, chorégraphié, le pompier en chef s'avança vers moi, puis posa un genou à terre pour avoir le visage au niveau du mien. Je faisais ça avec Joseph quand je voulais lui expliquer quelque chose, en général quelque chose qu'il avait mal fait comme demander très fort dans l'allée des fruits et légumes du Franprix en pointant du doigt un autre client :

« Pourquoi le monsieur il est noir ? »

Cette fois-ci, c'est devant moi qu'on s'agenouillait, et si j'étais à peu près certaine de n'avoir rien fait de mal, je savais que les mots qui allaient bientôt arriver à mes oreilles seraient les pires de ma vie.

Le chef des pompiers commença, la voix posée, presque trop, comme si elle avait été préenregistrée sur un disque :

« Vous nous avez donc appelés suite au malaise de votre mari… »

Je l'interrompis avec l'information la plus inutile à énoncer à cet instant-là.

« On est pacsés, pas mariés. »

Le chef des pompiers acquiesça de la tête pour accuser réception de cette information tout en poursuivant.

« Quand nous sommes arrivés sur les lieux, nous avons constaté que la victime était inconsciente et après examen rapide nous n'avons pas réussi à trouver un pouls. »

Voilà qu'il recommençait à parler de cette victime dont je ne savais rien.

« Après avoir tenté un massage cardiaque ainsi que la pause d'un défibrillateur, nous n'avons malheureusement pas réussi à trouver de trace d'activité sur l'électrocardiogramme ni sur l'encéphalo-cardiogramme. Après quarante-deux minutes de soins, un médecin du Samu a malheureusement dû constater le décès de votre compagnon. Nous vous prions d'accepter nos plus sincères condoléances. Un officier de police va arriver d'ici quelques minutes pour vous expliquer la suite de la procédure. »

J'ai regardé le pompier en chef, le médecin du Samu qui venait d'entrer dans le salon avec une expression sincèrement désolée, et le pompier du verre d'eau qui désormais n'osait plus regarder que ses pieds. D'autres visages apparaissaient tout autour sans vraiment s'imprimer à la surface de mes rétines. Au moment où l'officier de police sonnait à la porte, j'ai prononcé cette phrase, si absurde que quelques semaines plus tard elle me plongerait dans des fous rires incontrôlables :

« Je crois qu'il reste du café si quelqu'un en veut. »

*

Un peu plus tard dans la matinée, j'arrivai devant ce bâtiment en brique rouge qui longe la Seine. Un bâtiment en brique, comme celui de la maternité où était né Joseph, mais c'était je crois leur seul point commun. Un bâtiment devant lequel des milliers de Parisiens passent chaque jour sans trop savoir à quoi il sert ou sans trop vouloir savoir, peut-être. La station de métro qui le jouxte ne donne aucun indice. « Quai-de-la-Râpée », ça évoque à la rigueur un buffet crudités à volonté dans un restaurant d'autoroute. En tout cas pas une morgue, ni un « institut médico-légal », terme savant et bien flou pour décrire un lieu où personne n'a envie de mettre un pied et encore moins un proche.

Pour entrer dans l'enceinte du bâtiment, il faut contourner un très vilain bloc blanc de modules préfabriqués, puis grimper trois petites marches en pierre claire avant de franchir une porte en bois, vitrée sur sa partie supérieure. Pour un endroit que j'avais à peine remarqué jusqu'alors, je pouvais à présent en décrire chaque recoin, la nuance de chaque brique plus ou moins décolorée par le soleil, plus ou moins noircie par la fumée des bus qui passent tous les jours inlassablement devant. En une matinée, j'étais devenue comme ces gens à la mémoire photographique extraordinaire, qui d'un seul coup d'œil dans une pièce sont capables de vous dire le nombre de fleurs en boutons dans un vase, ou celui des pages cornées dans un livre posé sur une table basse.

Ces trois marches, gravées dans ma mémoire, il me fallait donc les grimper. Comme s'il fallait trois marches en calcaire pour vous décoller du monde des vivants et vous emmener chez les morts. Un tout petit mètre vers l'au-delà.

*

Cinquante-trois minutes plus tard, j'en ressortais, un sac en plastique bleuté à la main, contenant un caleçon, un T-shirt ainsi que la montre de Jérôme. C'est mon téléphone qui m'a indiqué que j'étais restée sur place cinquante-trois minutes. Si on m'avait posé la question, j'aurais dit onze secondes ou trois ans.

Ma mère m'a appelée quelques instants à 10 h 42, quand je me demandais encore par quelle force j'allais pouvoir gravir ce tout petit escalier. Mon appel suivant, sortant celui-là, pour joindre Jeannine, a eu lieu à 11 h 35 en rallumant mon téléphone, tandis que je traversais machinalement la Seine, histoire d'avancer en parlant. J'avançais dans le mauvais sens par rapport à chez nous, mais j'avançais. Donc cinquante-trois minutes à la louche. Voilà comment j'ai pu définir une chronologie de cette étape absurde de mon existence.

Ce qu'il s'est passé entre 10 h 42 et 11 h 35 est en revanche un mystère total, quelque chose dont ma tête n'a voulu conserver aucun souvenir, comme si tout avait été rangé dans une boîte fermée à double tour et qu'on avait jeté la clef dans la Seine voisine. Je me souviens juste que l'on m'a dit au moment de me donner le sac en plastique bleuté : « Vous pourrez revenir le voir après si vous le souhaitez, dès demain matin », et que j'ai n'ai pas osé demander : « Après quoi ? » de peur de vomir mon ventre vide, à un verre d'eau près.

*

Je me retrouvai sur le pont d'Austerlitz sans savoir comment, à traverser la Seine plutôt que me jeter dedans. Il fallait que je marche, exactement comme un poisson a besoin de nager pour respirer. Comme lui, m'arrêter c'était suffoquer. Et le quota de gens qui s'arrêtaient de respirer était déjà rempli pour aujourd'hui.

Jeannine, que j'avais déjà eue à 9 h 44, me précisait également mon téléphone, laissait peu de répit à mon oreille droite contre laquelle j'avais collé l'appareil. Elle parlait elle aussi comme on se noie, en gigotant un maximum pour ne pas manquer d'air, m'inondant de détails inutiles comme le numéro de son siège, de sa classe, de sa voiture et même du train qui l'amènerait le lendemain à Paris. Je n'aurais pas été surprise qu'elle me précise le prénom du conducteur, l'âge auquel il avait eu la varicelle et s'il aimait regarder ou non le Tour de France. Je ne lui avais demandé que l'heure de son arrivée, mais je compatissais à son besoin de remplir n'importe quel vide désormais, même celui d'une discussion parfaitement anecdotique sur le TGV 6152 Angoulême-Paris Montparnasse.

Je marchais toujours et Paris devenait, au fil des pas, une ville étrangère, nouvelle, pas forcément inhospitalière, mais fausse, comme un décor de cinéma. Jeannine me décrivait maintenant toutes les démarches qu'il faudrait bientôt mettre en route, que ce soit pour le choix de l'inhumation ou de la crémation, le type de bois pour le cercueil, le caractère religieux ou non de la cérémonie, le faire-part, les vêtements que Jérôme allait porter. J'entendais sans écouter, trop occupée à redécouvrir le fonctionnement des feux tricolores, à redécouvrir les couleurs elles-mêmes.

« C'est donc ça du vert, et ça j'imagine que c'est du rouge », étais-je en train de penser quand Jeannine éclata en sanglots à l'autre bout du fil. Avoir à choisir la couleur des chaussettes de son fils pour l'éternité avait été la goutte de trop. Je ne comprenais plus un mot sortant de sa bouche à présent, mais elle s'évertuait à maintenir une discussion, dans tout ce que ça avait d'absurde.

« Il ... ai... ai... aimait bien ses chaussures... ba... bateaux je crois. »

Dans un même souffle, je lui ai répondu :

« Non, Jeannine, il ne part pas en week-end à La Baule, donc on lui mettra des chaussures de ville. Les chaussettes, on en achètera des neuves. Je dois appeler ma mère pour voir à quelle heure ils arrivent avec Joseph. Reposez-vous un peu avant le train, prenez un verre d'eau et on se rappelle plus tard. »

Voilà que je me prenais à mon tour pour le pompier de la cuisine, voulant à tout prix hydrater tout le monde.

Le reste de cette matinée est flou. Je me souviens juste qu'après avoir traversé le pont d'Austerlitz, j'ai marché jusqu'à la ménagerie du Jardin des Plantes, je me souviens d'y avoir acheté un billet d'entrée et je me souviens d'être restée une quarantaine de minutes devant l'enclos extérieur des orangs-outans. Je n'ai par contre aucune idée de la façon dont je suis revenue chez moi.

*

Ce dont je me souviens parfaitement en revanche, c'est l'arrivée de Joseph à la gare quelques heures plus tard. Il avait pris le train prévu. Tout le reste était improvisé.

Après avoir passé quelques jours en Bretagne, mon fils devait prendre avec ses grands-parents le train partant de Vannes à 12 h 32 et arriver à Paris à 15 h 09 précises. Nous avions prévu d'aller les chercher avec Jérôme, de déposer mes parents dans un petit hôtel de la rive gauche qu'ils aimaient bien et d'aller ensuite voir le match tous les trois chez un ami ayant investi récemment dans un vidéoprojecteur. Tout était organisé, nous avions, pour une fois, pensé à anticiper l'événement pour ne pas nous retrouver à regarder ce match probablement historique sur un iPad en équilibre entre trois gros livres d'art sur la table basse du salon. Nous avions déjà utilisé la technique pour le quart de finale, au grand désespoir de Joseph qui nous avait un peu moins aimés ce jour-là.

Pour atténuer sa déception et nous racheter, nous lui avions promis ce soir-là avant de le coucher que, si la France arrivait jusqu'à la finale, on l'emmènerait voir le match sur le plus grand écran de l'univers. Les Bleus ayant accompli leur part du projet, Jérôme et moi avions donc organisé cette soirée le lendemain de la demi-finale, après avoir eu Joseph au téléphone pour lui prouver que ses parents étaient des gens de parole. La veille, il avait regardé avec son grand-père le France-Belgique sur une télé 16:9 accrochée au mur dans le café du village où les parents de Jérôme possédaient une maison depuis leur départ à la retraite. Il avait précisé, lourdement, que non seulement papy avait trouvé une télé, lui, mais qu'en plus « y avait plein de cacahuètes à manger ». Dans son petit esprit d'enfant de presque trois ans, la cacahuète était sûrement un outil de culpabilisation très efficace. Amusés par notre fils, et nous-mêmes assez tentés de voir ce match dans des conditions convenables, nous avions, à peine raccroché d'avec lui, appelé Thomas, un ami de longue date de Jérôme ayant une fille née quelques mois avant Joseph, pour organiser ce dimanche 15 juillet une sympathique fin d'après-midi et un joli souvenir pour nos enfants et nous.

*

Ce fut le seul ami informé le jour même de la mort de Jérôme.

En accord avec Jean et Jeannine un peu plus tôt dans la journée, j'ai décidé de ne prévenir tout le monde que le lundi matin. Pour me laisser le temps d'affronter cette étape où la nouvelle allait se répandre et devenir un peu plus vraie dans mon esprit et celui de Joseph, mais aussi pour laisser passer un bon dimanche de fête à toutes celles et tous ceux dont j'allais bientôt assombrir l'été. Après avoir eu Thomas de longues minutes, après avoir discerné ses larmes camouflées de l'autre côté du téléphone, après avoir fait face à ses questions sans réponses et à ces longues secondes où il ne pouvait plus parler, comme si sa salive était devenue du mortier, j'avais décidé que je préviendrais les autres plutôt par écrit, qu'il n'était pas utile d'user le peu de force que j'avais pour affronter les cris, les sanglots étouffés, les larmes qui traversent le combiné. Je préférais garder mes mots et ma voix pour Joseph, pour encore et encore lui expliquer, lui raconter, le calmer dans les prochains jours, les prochaines semaines et, je le craignais un peu, les prochaines années.

En raccrochant d'une main et en essuyant du dos de l'autre l'eau salée glissée sous le menton, je pensais à ses amis, aux miens, à tous ces gens qui avaient Jérôme dans leur vie. Je voyais ce moment où ils allaient tous recevoir leur message, à cette légèreté avec laquelle ils allaient attraper leur téléphone après avoir entendu un bip ou une simple vibration. Aucun d'entre eux ne pourrait savoir qu'il venait d'enclencher quelque chose de définitif, qu'il était à quelques dixièmes de secondes d'un été et d'une vie assombris, de la fin de quelque chose. J'imaginais ceux déjà partis plus ou moins loin, ceux en train de boucler leurs valises. Ceux qui allaient se réveiller avec cette information, ceux qui reliraient quatre fois le message avant d'être sûrs d'avoir compris l'incompréhensible. Ceux qui seraient à la caisse d'un Franprix en train d'acheter du papier toilette et qui toute leur vie se rappelleraient qu'ils avaient du papier toilette sous le bras en apprenant la mort de leur pote. Et puis ceux encore grisés par la victoire de la France quelques heures plus tôt. Je me souviens moi-même encore très bien de ce sentiment, il y a vingt ans, pour la finale de la Coupe du monde 98. J'étais ado et en colo. La colo avait été bof jusque-là, mais le sentiment d'avoir ouvert les yeux encore pleins de l'euphorie de la veille avait transformé les deux semaines de stage de tennis en bon souvenir dans mon cerveau.

*

Un par un, j'ai donc écrit ces messages que j'ai laissés en brouillon dans mon téléphone. J'ai répété la même chose encore et encore, mais chaque fois en utilisant une formule légèrement différente, comme si mes interlocuteurs allaient comparer leurs annonces et prendre la mouche en cas de doublon.

« Un message pour te prévenir que Jérôme est mort brutalement hier. Je dois m'occuper de beaucoup de choses mais il y aura une annonce dans *Le Monde* demain ou après-demain avec toutes les infos pour la suite. Je t'embrasse, Juliette. »

« Quelques mots pour te prévenir qu'un drame a frappé notre famille. Jérôme est mort hier matin dans son sommeil, on ne sait pas encore pourquoi. Faire-part demain ou après-demain dans *Le Monde.* On s'appelle dans les prochains jours. Des bises, Juliette. »

« Pardon pour l'annonce un peu brutale à l'écrit, mais ce SMS pour te prévenir de la mort de Jérôme hier matin. Enterrement précisé dans *Le Monde* demain ou mercredi. Je suis hors sol mais on se téléphone vite. J. »

Chaque fois l'écriture pragmatique, dire beaucoup en peu de mots. Ne pas noyer le poisson, ne pas chercher à trouver des paraphrases absurdes. Jérôme ne s'était pas « éteint », il n'était pas « parti », ni même « décédé », mot qui nous avait toujours fait horreur à tous les deux. Il était mort, point.

Je relativisais aussi un peu l'effort : rien ne serait jamais plus terrible que d'avoir à expliquer à Joseph la mort de son papa.

*

Son train est entré en gare avec quatre minutes de retard, comme si le conducteur avait senti qu'il me fallait encore un répit, si infime soit-il, avant d'affronter ce qu'aucun parent ne devrait vivre. En ce milieu de mois de juillet, la gare Montparnasse, monstre moche fait de béton et de courants d'air, était surtout remplie de gens quittant la capitale. Les trains de banlieue à l'extrémité droite des quais amenaient tout de même quelques flots de supporters aux perruques bleu, blanc, rouge. Maquillés en tricolore à la va-vite, parfois même à l'envers, sur les joues et le front. Ils débarquaient par petits groupes pour suivre la finale sur les écrans géants installés un peu partout dans Paris. Dans quelques heures ces gens seraient probablement en train de fêter une victoire de la France en se sautant dans les bras. Je les détestais tous par anticipation. En quelques heures, le monde qui m'entourait était devenu un élément indésirable. Ou plutôt c'était moi qui, en une matinée et une intervention de pompiers, étais devenue un greffon rejeté, inadapté à la vie de d'habitude. La joie des autres, leur enthousiasme étaient insupportables. Pour quelques heures, je voulais bien prendre la nationalité croate et je croisais les doigts pour que les Français perdent.

*

À peine sorti du train, Joseph a demandé :

« Il est où papa ? »

Sans inquiétude, plus par réflexe.

« On va aller à la maison avec papy et mamie d'accord, mon chéri ? Tiens, je t'ai pris une Pom'Potes si tu as faim. »

L'expérience de la maternité m'avait enseigné qu'un enfant de moins de trois ans supporte très bien qu'une question reste sans réponse dès lors que de la nourriture industrielle lui est proposée en échange.

Dans le taxi qui nous ramenait chez nous, j'ai pris Joseph sur mes genoux. Il y avait largement la place de nous mettre chacun sur un tiers de la banquette, mon père s'étant installé devant, mais je savais que c'était le meilleur moyen pour éviter au maximum les contacts visuels avec mon fils.

Et tenir.

Ma mère s'est installée à ma droite, sur la partie centrale et un peu inconfortable où s'entassent les boucles des ceintures de sécurité. Elle serrait très fort ma main dans la sienne. Dans d'autres circonstances, j'aurais probablement ressenti une douleur au niveau des phalanges, mais nous n'étions pas dans d'autres circonstances. Aucun point de douleur n'était présentement relié à mon cerveau. La main de ma mère aurait pu être un piège à loup, je ne l'aurais pas remarquée avant d'avoir à me gratter le nez et de trouver à la place de ma main les restes de l'articulation d'un poignet.

Les terrasses de cafés se remplissaient de monde sous nos yeux. Tout était de plus en plus bleu, blanc et rouge. Ce qui n'échappait pas à l'attention de Joseph. Crevant spontanément la bulle de silence qui s'était imposée en montant dans le véhicule avec mes parents, il se lança, joyeux :

« Allons z-enfaaants de la pat'iiiiiie, le jou' de g'oire est arrivééééé... konponou de la tinaniiiie, les têtards sans dents et lavés, les têtaaaaaards sans dents et lavéééés... »

Cela amusa beaucoup le chauffeur. Il chercha mon regard dans le rétroviseur. Je détournai les yeux immédiatement. Il n'y vit pas mes larmes. Il tourna alors un peu la tête vers mon père en souriant. Mon père devina le geste et scruta alors ses ongles, menton collé au sternum, sans plus bouger ni respirer, semblait-il. Le chauffeur ne savait évidemment rien de ce qui nous attendait et devait nous trouver durs à dérider, mes parents et moi.

Il ne pouvait pas savoir que, pour nous, ce petit yaourt patriotique était insupportable. Que c'était Jérôme qui avait appris à son fils à chanter *La Marseillaise* et que la phrase « les têtards sans dents et lavés » était une de ses créations pour ne pas avoir à lui expliquer ce qu'était un « étendard » ou pire ce que voulait dire « sanglant ». À vingt-quatre heures près, les sourires créés par cette interprétation très personnelle de l'hymne français s'étaient transformés en lèvres pincées et larmes ravalées. Et de la même façon que le papillon ne redevient pas chenille, il y avait fort à parier qu'à l'avenir, plus jamais cette *Marseillaise* et ses têtards édentés ne nous creuseraient les fossettes.

*

Le feu tricolore du boulevard Henri-IV passa au vert. Le taxi remontait tranquillement vers la place de la Bastille. J'avais demandé à emprunter cet itinéraire pour ne pas prendre le risque de passer devant le bâtiment en brique rouge au bout du pont suivant. L'application en temps réel sur le téléphone du chauffeur le lui suggérait, mais fermement j'insistai pour que nous traversions l'île Saint-Louis.

Il ne faisait ni trop chaud ni trop froid, la lumière était belle, un très léger souffle dans les platanes jouxtant la place faisait circuler une certaine fraîcheur dans Paris. S'il ne s'était pas passé ce qui s'était passé ce matin, la journée aurait été superbe. Cela faisait un gros « si ». J'étais en train de penser à tous ces « si » qui auraient peut-être pu empêcher la mort de Jérôme, s'il s'était levé le premier, si le café avait mis moins de temps à couler, si j'avais été membre de la brigade des sapeurs-pompiers de Paris, quand le cliquetis du frein à main m'annonça que nous étions arrivés.

Quelques minutes, peut-être cinq, peut-être sept si l'ascenseur traînait dans les étages, nous séparaient du moment où j'allais devoir expliquer à mon fils qu'il ne verrait plus son papa, ni aujourd'hui, ni demain, ni à douze ans, ni pour son bac ou son mariage. En récupérant la mini-valise à l'imprimé dinosaures que nous avions offerte à Joseph pour ses voyages chez ses grands-parents, je comptais que ça laissait entre trois cents et quatre cent vingt secondes à mon fils pour vivre encore un peu dans le monde d'avant. Depuis l'instant où son pied avait touché le sol de la gare Montparnasse, un minuteur s'était déclenché dans un coin de ma tête et, à la manière d'un accessoire de cartoon, je le voyais très bien exploser dans un grand BOUM une fois le zéro atteint.

Mais Joseph ne le savait pas, lui n'entendait pas le tic-tac, comme si la fréquence n'était pas compatible avec ses jeunes oreilles. Nous, ses grands-parents et moi, n'entendions que ça, et ce bruit devenait presque aussi insupportable que ce qui allait lui succéder.

*

En entrant dans l'appartement, Joseph remarqua tout de suite que son père ne l'y attendait pas, contrairement à ce qu'il avait dû se figurer en ne le voyant pas à la gare à son arrivée. Cette fois nous ne pouvions plus reculer, plus de feux tricolores, plus d'itinéraires dans Paris, pas même une panne d'ascenseur pour nous faire gagner quelques minutes supplémentaires.

« Il est pas là non plus, papa ? »

La Pom'Potes venait d'atteindre ses limites.

« Viens Jojo, on va dans le salon avec papy et mamie », dis-je de cette voix de robot qui semblait ne plus vouloir me quitter. Les semaines suivantes me le confirmeraient, c'était un nouvel accessoire vocal ; certains perdent leur accent du Nord ou du Sud, moi j'avais gagné une voix d'attente téléphonique.

On l'a fait asseoir là où environ six heures plus tôt un pompier m'avait fait asseoir. Notre différence d'échelle faisait que ses pieds à lui flottaient dans le vide en se balançant, car à trente-deux mois, tout objet est une sorte de toboggan potentiel. Je regardais ses petits orteils qui commençaient à vouloir sortir de ses sandales pourtant achetées le mois précédent. Qu'il grandissait vite, notre petit garçon. Et j'allais le faire grandir plus vite que prévu dans quelques secondes.

*

Mon père et ma mère encadraient Joseph sur le canapé. J'avais pris un des gros coussins qui servent normalement de dossiers pour le mettre au sol et m'asseoir ainsi le plus près possible de mon fils, les yeux à hauteur de ses yeux. Sans m'en détacher, noyée dans ses pupilles, j'ai doucement commencé.

« Il faut que je te dise quelque chose de très triste, mon Joseph. La nuit dernière, papa est tombé gravement malade et les docteurs n'ont pas réussi à le soigner. »

J'ai pris le temps d'une respiration et m'en suis voulu, car ça a permis à mon fils celui d'un espoir.

« Ah, et il va avoir des piqûres à l'hôpital alors ? »

Les larmes coulaient sans bruit sur les joues de mes parents. Les miennes devaient avoir trouvé un itinéraire bis vers mes oreilles, je m'étonnais de ne pas les sentir au coin de mes yeux.

Je repris mon souffle, comme un pêcheur d'oursins.

« Non, mon chéri, malheureusement les médecins ont essayé toutes les piqûres mais papa était vraiment trop malade. Ils n'ont pas réussi à le soigner, même à l'hôpital. Mon Jojo, papa est mort cette nuit. »

Ses petits pieds ne se balançaient plus, les orteils s'étaient recroquevillés dans leurs sandales.

« Il est mort, papa ? »

Mes mains étaient sur ses genoux, il posa les siennes dessus.

« Oui mon chéri, il est mort. »

« Il est mort où ? »

La question de mon fils me prit par surprise, j'aurais pourtant dû m'y préparer tant elle semblait logique. Je lançai un regard rapide à mes parents pour essayer de trouver les bons mots au fond de leur regard. Mais je n'y trouvai que des larmes qui formaient à présent un écran si mouillé qu'il en devenait presque opaque.

« Il est mort avec les docteurs. »

Je n'avais pas du tout répondu à sa question, pourtant l'information sembla lui convenir.

« D'accord. C'est bien. »

Les enfants disent de drôles de choses.

Après une pause, il reprit :

« Je vais pas le voir alors ? »

Les larmes avaient fait le tour de ma tête et semblaient revenir vers mes yeux.

« Non mon chéri, on ne pourra plus voir papa maintenant. »

J'avais décidé plus tôt dans la journée que je ne retournerais pas à l'institut médico-légal avec mon fils, et que je ne voulais pas revoir Jérôme *après*.

Il y eut une brève pause où l'on pouvait voir les informations imprégner son cerveau, puis Joseph demanda un verre d'eau. Cette journée me confirmait que, quand les gens sont tristes, il faut les arroser comme des plantes vertes.

Il but le contenu de son verre à moutarde Spider-Man d'une traite. Un petit rot s'échappa d'entre ses dents de lait.

« Oups pardon, j'avais soif dis donc maman. »

Un sourire est venu fendre son visage et le mien. Je ne pensais pas ça possible aujourd'hui, mais mon petit garçon avait réussi à me faire sourire, spontanément, comme *avant.*

Mon père me laissa sa place sur le canapé, et je me hissai auprès de mon petit garçon. Il monta sur mes genoux et, collant sa tête contre mon épaule, se mit à jouer avec les quelques perles brodées sur mon T-shirt. Plusieurs minutes passèrent ; on n'entendait que les reniflements des uns et des autres.

« Donc papa il est mort, pour toujours, hein ? »

« Oui, mon chéri. »

« Comme le papa de Simba ? »

Je revis toute la scène du *Roi Lion* défiler dans ma tête. Les gnous, la poussière, la trahison, encore les gnous.

« … euh, oui, comme le papa de Simba, sauf que papa était très malade, personne ne voulait lui faire du mal. »

Il y a des phrases comme ça qu'on penserait ne jamais prononcer.

« Maman ? »

« Oui mon petit chéri ? »

« Je veux pas voir le match de foot en fait. »

J'ai serré Joseph si fort dans mes bras que j'ai eu peur de lui faire mal. Nous n'avons donc jamais vu le match. Nous n'avons jamais vu les buts des Français ni ceux des Croates.

*

De l'enterrement je garde quelques images. Se bousculent dans ma mémoire le soleil très aveuglant, éclaboussant le sol clair du cimetière comme s'il avait été entièrement recouvert de neige. Le gravier était si blanc autour de ce qui allait être la tombe de Jérôme que le contraste avec le trou creusé dans la terre était encore plus fort. Avec ses allées étroites délimitées par de grands buis, ce cimetière avait des allures de mini-golf. L'idée d'enterrer Jérôme dans un mini-golf fit naître un début de fou rire. Alors que je commençais à mordre mes joues pour ne surtout pas passer pour la veuve joyeuse, la petite main de Joseph glissa subitement de l'intérieur de la mienne. La faute à nos deux sueurs et à la chaleur de ce milieu d'été. Aussitôt je retrouvai mon calme et mon chagrin. Le mini-golf m'avait un instant fait sortir de mon rôle de mère et je m'en voulais déjà. Je concentrai aussitôt mon regard vers le cercueil.

Jeannine s'était occupée de tout, à ma demande. Je ne voulais pas avoir à choisir entre « chêne 02 » et « chêne 03 » pour la boîte qui allait désormais contenir l'homme que j'aime. La teinte du granit de la tombe ne m'intéressait pas davantage. J'avais simplement exigé qu'aucune croix n'y soit gravée. La religion ne faisait pas partie de la vie de Jérôme, il n'était pas question qu'elle soit présente dans sa mort. En revanche, je n'ai pas eu la force de lutter contre les plaques posées dans les semaines suivantes. Des « regrets éternels » avec fausses fleurs en bronze, des « souvenirs » sur des résines imitation marbre d'un goût douteux. Rien à faire non plus contre ces innombrables compositions florales qui semblaient toutes venir du même endroit. Et qui en venaient probablement. De loin, elles ressemblaient à des fleurs plantées dans de la terre, mais un rapide examen permettait de s'apercevoir qu'il s'agissait en fait de branches coupées et plantées dans une sorte de mousse vert foncé, gorgée d'eau, de sorte que ces branches mortes aient l'air vivantes quelques jours. Le concept même me sortait par les yeux, mais je décidai de ne pas perdre d'énergie à ça.

Ma première et seule idée avait été de faire de la tombe de Jérôme un petit jardin, quelque chose où la vie reprendrait, pousserait doucement. Jean et Jeannine s'y étaient opposés, car cela leur demandait un entretien quasi hebdomadaire de la sépulture et ils n'étaient pas sûrs d'en avoir la force. L'argument s'entendait, et dès lors que j'avais accepté que Jérôme soit enterré dans la Charente où il avait grandi plutôt que dans le Paris où nous nous étions aimés, je n'avais pas vraiment mon mot à dire. Et cela me convenait très bien. Savoir Jérôme résident permanent d'un cimetière était si absurde que le choix de son emplacement géographique n'avait de toute façon pas beaucoup d'importance.

Et puis, bien sûr, je me souviens de mon discours.

*

Je ne pourrais de toute manière pas l'oublier, car j'en ai gardé deux copies. Une dans un dossier baptisé « J » sur mon ordinateur et une autre imprimée sur une feuille froissée mille fois, se trouvant toujours au fond de la poche de la veste que j'avais sur les épaules ce jour-là et que je ne reporterai jamais.

Mon Jérôme, Mon amour,

En six ans j'ai dû t'écrire mille fois. Pour te dire que je t'aimais un peu, pour te dire que je t'aimais beaucoup, pour te dire que je t'aimais à la folie. Pour te dire que tu m'énervais aussi. Pour te dire d'acheter du lait parfois. Je ne pensais pas devoir t'écrire pour te dire adieu.

Pas si tôt en tout cas.

J'aurais préféré t'écrire encore mille fois. Un million de fois même, tant qu'à choisir.

Mais je ne le pourrai plus, il me faudra maintenant trouver une autre façon de te parler, de te garder près de moi. Il faudra aussi que je pense à acheter du lait.

Hier soir, quand j'ai eu terminé de lire son histoire à Jojo avant d'éteindre la lumière, il m'a demandé de lui en lire une deuxième, en précisant « c'est pour papa, celle-là ». Au cas où tu serais dans les parages, et où tu aurais envie d'écouter les histoires de Loulou le pou. *J'ai lu ce deuxième livre et nous avons convenu de lire toujours deux histoires le soir, dorénavant, si jamais ça t'intéresse.*

Nous allons, de toute façon, tout faire en pensant à toi, mais nous tiendrons bon et tu auras de quoi être fier, où que tu sois.

Mon Jérôme, j'ai beau lire ton nom sur cette petite plaque posée sur ton cercueil, il va me falloir encore un peu de temps avant d'être vraiment sûre que ce n'est pas une vilaine blague que tu nous fais là.

Les médecins ont dit que ton cœur s'était arrêté. Permets-moi d'en douter, et même d'affirmer que la science a tort. Tu as désormais deux cœurs, en béton armé, et Jojo et moi, nous prendrons bien soin de les faire battre le plus fort et le plus longtemps possible.

On t'aime. Je t'aime. Adieu mon amoureux.

Puis, grâce à l'aide technique de Thomas et son enceinte sans fil, s'est élevée dans le petit cimetière tranquille et noir de monde une chanson que Jérôme avait toujours adoré chanter, et me chanter, en voiture. Parce que notre premier rendez-vous avait eu lieu un jeudi, parce qu'il aimait autant que moi les chansons françaises un peu désuètes. Entendre les mots et la voix de Joe Dassin a fait poindre quelques sourires parmi les océans de larmes, ce vendredi 20 juillet 2018, sous le ciel de Charente.

Souviens-toi, c'était un jeudi,
Souviens-toi on avait suivi,
Le chemin des amoureux,
C'était, il était une fois nous deux.

Avril

Dans les hôpitaux, il y a toujours cette odeur qui angoisse, qui rappelle que quelque chose ne va pas ou pourrait ne pas aller. Même si l'on s'y rend pour une raison banale voire joyeuse, une fois les portes automatiques franchies, chaque cellule du corps se met en état d'alerte, toutes, aussi bien celles de la rate que celles des orteils, du pli du coude ou de la naissance de l'aorte, attendent avec hâte l'instant où elles seront de nouveau dehors, au grand air. Un mélange d'iode, de javel, de café de la salle de garde, de tabac froid, aussi, que les uns et les autres ont apportée avec eux au fil des pauses cigarette. Tout cela crée une fragrance unique, que personne n'a envie de porter au creux du cou.

Voilà près de quinze heures que j'ai cette odeur accrochée dans les narines et je ne m'y fais toujours pas. J'ai l'impression qu'elle a imprégné chaque centimètre carré de ma peau et que je ne pourrai jamais la faire partir. Un peu comme une tache de mûre.

Ma chambre semblait avoir été entièrement repeinte récemment. Les couleurs étaient éclatantes, plutôt neutres, à l'exception d'une plinthe d'un rose fuchsia au goût douteux, dont la seule utilité devait être de permettre d'identifier le service dans lequel je me trouvais. À l'étage du dessous, elles étaient sans doute d'un vert anis guère plus doux pour le regard et à celui du dessus d'un de ces jaunes moutarde qui donnent l'impression de vivre encore sous Pompidou. Je n'étais peut-être pas la plus mal lotie finalement. D'ailleurs, tout avait l'air si neuf que cela me rappelait la phrase de Jérôme le soir de la naissance de Joseph. Une fois de plus, chambre d'hôtel et chambre d'hôpital se confondaient. Et si je n'avais pas eu un lit avec une télécommande et une perfusion dans le bras, j'aurais presque pu me prendre pour une touriste dans ma propre ville.

Le soleil entrait par la fenêtre et venait décorer le sol en linoléum à la manière d'une peau de panthère, au gré de l'ombre des feuilles de l'arbre planté à l'extérieur du bâtiment. La vue sur le centre de Paris était dégagée, un petit nuage étiré comme un chewing-gum dans lequel on viendrait de marcher peinait à zébrer le ciel. Même dans cette chambre d'hôpital aux fenêtres presque closes, l'air de ce début de printemps parvenait à s'immiscer jusqu'à moi, me renvoyant à tous les débuts de printemps que j'avais connus depuis l'enfance et à ceux que Jérôme et moi avions partagés. Quand les beaux jours reviennent, il y a à Paris une odeur tout à fait particulière, dont la fiche mémorielle est rangée dans ma tête à l'exact opposé de l'odeur de l'hôpital. Ce parfum, je ne sais pas exactement de quoi il est fait. Peut-être du goudron des trottoirs qui recommencent à chauffer. Peut-être des balcons où prolifèrent les géraniums qui refleurissent à cette période. Peut-être le soleil qui traîne un peu plus longtemps le soir a-t-il une odeur lui aussi, qui sait. Toujours est-il que ce parfum revient chaque année, et qu'une petite partie de moi se demandait si ce serait encore le cas maintenant que Jérôme était mort. Si oui, j'avais peur que cela me brise le cœur, si non, j'avais comme l'idée que ce serait encore pire. La réponse venait d'arriver à mes narines, ce lundi 15 avril, dans la chambre 415 de la maternité de l'hôpital de la Pitié-Salpêtrière. L'odeur était là, le printemps était là, et dans quelques heures seulement, notre petite fille serait là, elle aussi.

*

J'ai choisi d'accoucher au même endroit que pour Joseph. J'aurais pu vouloir un changement de décor vu les nombreuses et cruelles différences entre mes deux grossesses, mais au contraire, la perspective de retrouver des murs et des visages familiers m'avait semblé plus douce. Bien sûr, au fur et à mesure des visites de contrôle et des rendez-vous pour les échographies, j'avais toujours l'impression que Jérôme allait apparaître de derrière une porte de sécurité incendie ou caché pour plaisanter derrière l'un des ficus de la salle d'attente. J'ai mille fois confondu sa silhouette avec celle d'un autre futur papa, s'octroyant une pause, gobelet en plastique à la main, touillette en bouche et odeur de café autour de lui. Mon cerveau s'est fait avoir des dizaines de fois, mais mon cœur l'a toujours remis dans le droit chemin. « Non, non, le cerveau, oui, oui, je vous assure, les yeux, disait-il, ça ne peut pas être Jérôme, souvenez-vous, il est sous la terre en province. »

Le reste de mes organes était trop occupé à regarder grandir la petite fille sous mon nombril.

*

Nous sommes vite revenus à Paris après l'enterrement. Et vite repartis vers la Bretagne de mes parents. Puis nous sommes restés en vacances aussi longtemps que nous avons pu. Joseph était ravi, s'occupait à tout et, je suis sûre, pensait parfois que j'avais peut-être oublié qu'il rentrait à l'école. Et il se gardait bien d'en parler, pas fou l'asticot. J'étais pareille à son âge, l'école ne me paraissait pas du tout un lieu indispensable et je formulais régulièrement le souhait, énoncé de la manière la plus pragmatique possible, de ne pas y retourner après un week-end ou des petites vacances, pour la bonne et simple raison que j'avais constaté ne pas avoir grand-chose à y faire, et que je pouvais sans aucun doute me débrouiller seule. Joseph semblait prendre le même chemin. Il ne connaissait pas encore l'école mais il savait déjà, à pas tout à fait trois ans, qu'il avait horreur du changement. Et l'été qu'il venait de passer ne l'avait pas convaincu du contraire. Aussi, il était plus que ravi d'être toujours assis les fesses dans le sable un 30 août.

Il nous fallait tout de même revenir un jour. Suzanne et Colette m'avaient bien aidée dans la préparation de cette rentrée. Elles avaient, sans discussion possible, pris en main l'intendance, des fournitures pour la toute petite trousse de Joseph jusqu'au nombre de rouleaux de Sopalin en stock sous l'évier de la cuisine. Chaque fois que j'ouvrais la bouche ou envoyais un message, la réponse était la même : « On s'en occupe. » Et chaque fois cela me donnait l'impression douce d'être, un instant, enveloppée dans du coton, protégée.

Elles avaient compris, sans un mot, que je n'avais pas l'énergie pour ce genre de choses, que le peu de force dont je disposais devait servir à rendre le plus normal possible la vie, et présentement les vacances, de Joseph.

Elles sont venues nous chercher à la gare en fin de matinée le 31 août. Joseph avait fait la tête pendant tout le trajet en train, déçu comme quatre que son plan d'annulation de la rentrée n'ait pas fonctionné. Mais en voyant sur le quai les sourires de mes amies, et surtout la peluche Spider-Man que tenait Suzanne, il s'était radouci, ou peut-être avait-il tout simplement oublié sa contrariété, sa petite tête d'enfant n'étant pas assez grande pour y ranger en même temps trop de sentiments et une peluche de super-héros.

*

En retrouvant l'appartement resté inhabité un peu plus d'un mois, j'ai eu l'impression de rentrer chez des inconnus. Je reconnaissais pourtant chaque meuble, chaque bibelot, chaque trace de feutre de Joseph sur les moulures de l'entrée. Tout était intact, un musée de nous trois. Une écharpe de Jérôme l'attendait toujours sur le porte-manteau 1930, cadeau collectif reçu pour notre crémaillère. Des chaussures, en vrac, planquées sous le banc où Joseph était en train de défaire ses sandales d'été, désormais franchement trop petites. Parmi toutes les paires, une de baskets, presque neuves. Jérôme les avait achetées un jour où il avait décidé qu'il allait se mettre au jogging. Et puis finalement, après une première tentative, une deuxième avortée un matin d'averse, une troisième occasion ratée un lendemain de fête, et une dernière finalement transformée en matinée passée avec son fils devant *Téléfoot*, il avait compris que ce n'était pas l'achat le plus malin de l'année. Elles étaient en outre particulièrement vilaines, bariolées, recouvertes de motifs réfléchissants, les empêchant de jouer le rôle de chaussures qu'on peut mettre pour descendre acheter du pain. La fin de la trentaine est faite de ces objets-là.

Pour ma part, un tapis de yoga portant encore l'étiquette avec le prix m'attendait au fond d'un placard de notre chambre. Ces choses de la vie rêvée, dans ce qu'elles ont de plus banal. On essaie de se prouver qu'on peut s'améliorer et le petit pas qui consiste à acheter l'accessoire pour y parvenir nous suffit amplement.

Chaque mètre supplémentaire dans l'appartement me donnait envie de le quitter immédiatement, une valise dans une main et Joseph dans l'autre ; mais aussi de ne plus jamais en partir. Encore et encore ce grand écart qu'un deuil violent vous impose comme discipline quotidienne.

En Bretagne, je n'éprouvais jamais ça. J'étais coupée du monde, des autres, de moi. Seuls comptaient les rires de Joseph, les galets de toutes tailles sous nos pieds que nous ramassions pour plus tard, pour dessiner dessus et les mettre sur la tombe de Jérôme, le cri des mouettes qui sont en fait des goélands, les glaces deux boules coco-pistache qui fondaient toujours trop vite sur les petites mains de mon fils. Pendant plus de trente jours, rien d'autre n'avait compté. Le reste avait encore moins d'importance que l'écume qui venait s'accrocher tous les jours sur nos chevilles, au fur et à mesure que la mer avançait ou se retirait.

*

Mais il n'était pas possible de rester en Bretagne chez mes parents. Il fallait rentrer, pour Joseph comme pour moi. Il fallait revenir là où notre nouvelle vie avait démarré sans nous demander notre avis. Cette vie tous les deux, cette vie sans mode d'emploi. C'était déjà un luxe d'avoir pu partir si vite après l'enterrement, d'avoir pu littéralement changer d'air, et ne plus respirer celui dans lequel Jérôme avait inspiré, expiré, inspiré, expiré, puis plus rien. Un luxe aussi de n'avoir eu à m'occuper de rien, ou presque, de n'avoir eu à penser à rien, juste à mon trou noir. Ma mère avait prévenu l'école la veille de l'enterrement. Je n'y avais même pas songé, mais en effet, la directrice devait être informée, tout comme la future maîtresse de Joseph, de la situation exceptionnelle ou en tout cas pas idéale de cette première rentrée. Mon petit garçon n'avait pas encore fait son premier jour de maternelle qu'il allait déjà être rangé dans une catégorie à part. Certes, il serait un peu plus observé, par les parents, les membres de l'équipe pédagogique, toutes les personnes assises à côté de lui chaque jour, mais il serait aussi plus protégé, même quand je ne serais pas là, et cela me convenait assez bien. Comme si toute une école allait d'une certaine manière remplacer Jérôme au pied levé.

*

La veille de la rentrée, juste avant l'heure du bain, j'avais surpris Joseph dans sa chambre, en plein dialogue imaginaire avec son père. Je n'avais plus fait un bruit pour être sûre de ne pas l'interrompre et de ne pas en perdre une miette. Joseph était assis sur sa petite chaise Ikea bleu ciel, que nous lui avions achetée au printemps précédent avec le petit bureau coordonné. Papa avait un bureau dans le salon, maman un bureau dans la chambre, Joseph avait donc décidé que pour lui aussi il était plus que temps d'avoir un endroit où potasser ses dossiers. Ou colorier par-dessus ses cartes Pokémon cornées de tous les côtés. À quelques heures de sa première rentrée des classes sans son papa, il était donc assis là, en T-shirt et mini-slip, visiblement stoppé dans son mouvement de déshabillage vers le bain. Il rangeait sur le bureau les crayons sortis au cours des dernières heures, les alignant dans un ordre qui ne semblait pas obéir au principe de couleurs ni de taille. Mais il les classait avec sérieux et précision. Et pendant qu'il classait, sans savoir que sa mère le regardait par l'interstice de la porte, il parlait avec son père, sans trop s'encombrer du fait que son père n'était plus là. La mère de Suzanne, pédopsychiatre à la retraite, avec qui je m'étais entretenue dans les tout premiers jours, m'avait prévenue que les enfants de l'âge du mien, bien que comprenant le principe de mort quand ils voient un pigeon écrasé sous la roue d'un bus, par exemple, ont pour autant un peu de mal à se figurer ce que signifie concrètement la mort, dans son approche au quotidien. C'est d'ailleurs le premier soir après la mort de Jérôme que Joseph avait posé cette question qui m'avait fait comprendre que je devais appeler la mère de Suzanne rapidement. Il était en train de s'endormir près de moi quand, soudain, dans un demi-sommeil, il avait demandé :

« Est-ce que papa sera mort demain aussi ? »

*

Après avoir récupéré Joseph à la gare le dimanche 15 avec mes parents et après lui avoir annoncé, sur le canapé des pompiers, que son père était mort le matin, nous avions décidé deux choses : ne pas regarder le match de la finale de la Coupe du monde et ne pas dormir à la maison ensuite. Nos proches encore à Paris nous auraient probablement tous proposé de nous accueillir, mais ils ne savaient pas encore que Jérôme était mort et, de toute façon, je ne voulais pas que l'un de ces appartements demeure à jamais, dans mon cerveau et dans celui de mon fils, le décor de notre première nuit sans lui. Je voulais un endroit neutre, un endroit où nous n'étions jamais allés et, mieux, un endroit où nous ne retournerions pas.

Joseph sur les genoux, toujours sur le canapé des pompiers, j'ai ouvert sur mon téléphone l'application qui en temps normal nous permettait de préparer un week-end en dehors de Paris, quand les planètes s'alignaient favorablement. Joseph et moi avons regardé ce qu'il restait de libre, pas trop loin, un dimanche de juillet. Je voyais, dans le reflet de l'écran, mon petit garçon qui était en train de digérer l'information de la mort de son père, un peu comme un python qui viendrait d'engloutir une chèvre. Il lui fallait du temps et du calme et, j'en avais la certitude : des distractions. Alors que je faisais défiler les recherches proposées par Google, je repensais à la façon qu'avait Jérôme de faire le même geste. Plier un tout petit peu trop son doigt et faire « toc » du plat de l'ongle sur la surface en verre. Répété des dizaines de fois chaque semaine, et surtout le soir au lit avant d'éteindre, ce bruit avait fini par m'agacer profondément. C'était le bruit qui me disait que, si son corps était près de moi, son esprit vagabondait. C'était aussi un peu ça qui avait été le déclencheur de notre dispute de la veille. De notre dernière dispute, je m'en rendais compte à cet instant, et je me dis que ça manquait un peu de panache. C'est fou comme on peut s'horripiler sur des choses anecdotiques qui, en une matinée, deviennent des petites pépites perdues d'un temps qui n'est plus. J'étais déjà sûre qu'à l'avenir, dès que je verrais quelqu'un plier son doigt un peu trop haut et faire « toc » sur son téléphone, ce « toc » me briserait le cœur, chaque fois. Les yeux perdus dans le passé et le futur, je ne regardais même plus les recherches qui défilaient sous mon index quand Joseph me fit sursauter en criant : « BATMAN ! »

Sous nos yeux venait en effet d'apparaître Batman. Ou plutôt une applique en résine représentant un masque de Batman près d'un double lit géant comme l'on n'en voit que dans les hôtels. Joseph fixait l'homme chauve-souris, plus rien n'existait d'autre que son envie d'aller dormir dans cet endroit.

« Maman, on peut y aller, dis, on peut maman, parce que ça serait bien maman, y a Batman en plus, maman. »

Mon petit garçon semblait avoir besoin de dire beaucoup mon nom. Peut-être avait-il compris que ce serait désormais le seul à utiliser, que l'autre était hors service, pour longtemps.

« J'appelle tout de suite, Jojo. »

La chambre à la lampe super-héros faisait partie de celles proposées par l'hôtel Mama Shelter. Nous y étions allés quelquefois pour prendre un café, à l'époque où Joseph passait encore ses journées et nos balades à dormir au fond de sa poussette. Nous avions eu envie d'y retourner un jour tous les deux, laisser notre fils pour la nuit et revivre quelques heures comme de jeunes amoureux qui rentabilisent chaque minute de leur nuit d'hôtel. Et puis on avait remis à plus tard. On pense toujours qu'on a le temps, et parfois ce n'est pas le cas.

Après deux tonalités, une jeune femme au très subtil accent espagnol a décroché. En énonçant les formulations d'usage, je fis glisser Joseph vers ma mère pour me relever et marcher en parlant. Cela me permet d'évacuer un stress étrange provoqué par le fait de devoir tenir une conversation téléphonique avec un ou une inconnue. Et cet appel m'angoissait particulièrement. J'avais peur qu'à 16 h 30 pour le soir même la chambre à lampe Batman ne soit pas disponible et qu'il faille encore annoncer une mauvaise nouvelle à mon fils. Bien sûr, une lampe Batman et la mort de son père n'étaient probablement pas rangées dans la même catégorie, mais, à son âge, une mauvaise nouvelle est une mauvaise nouvelle.

Marchant vers la cuisine, je vis le tabouret que le pompier du verre d'eau avait glissé sous la table, autant par politesse que par désœuvrement. Quand on ne sait pas trop quoi faire pour aider quelqu'un dont le monde vient de s'effondrer, la moindre des choses est de remettre un peu d'ordre. Alors que je continuais de parler avec la dame au léger accent, je me rendis compte qu'aucun centimètre carré de notre appartement n'était vraiment hospitalier. Il fallait trouver un refuge.

« Je vous appelais car je voulais savoir si, à tout hasard, j'imagine bien que c'est un peu compromis vu l'heure, mais on ne sait jamais… Attendez, je sors un instant pour que vous m'entendiez mieux. »

Je venais d'ouvrir la porte de l'appartement et j'allais vers l'escalier qui montait aux étages supérieurs. Mal capter était un prétexte pour gagner quelques secondes encore et tenter de trouver un terrain neutre. Le palier de l'étage du dessus me paraissait parfaitement remplir ce rôle. Loin du paillasson sur lequel j'avais attendu pieds nus que les pompiers arrivent. Loin des petites oreilles de Joseph qui n'avaient pas besoin d'entendre avec des mots de grands ce que je venais de lui expliquer avec des mots pour les petits.

« Oui, donc, je voulais savoir si votre chambre avec les lampes de chevet Batman était encore disponible… »

Je n'avais pas fini qu'elle me coupait, avec une de ces phrases toutes faites que l'on doit vous apprendre en école d'hôtellerie.

« ... Bien sûr, chère madame, nous allons regarder ça, ce serait pour quel jour, vous savez déjà ? »

Cette fois-ci l'accent paraissait italien. Peut-être qu'il n'y avait même pas d'accent. Je n'en voulais pas à mon cerveau, je savais qu'il avait d'autres choses à gérer.

« En fait, c'est un peu particulier mais ça serait pour ce soir. »

« Ah. »

Ce « Ah » avait l'air spontané. Probablement pas une chose que l'on apprend en école d'hôtellerie. Elle enchaîna :

« C'est-à-dire que pour ce soir, ça risque d'être un peu compliqué au vu qu'il est déjà presque 17 heures, voyez-vous. »

Je voyais surtout que 1) cette phrase avait une syntaxe épouvantable et que 2) j'étais sur le point de devoir décevoir mon petit garçon.

Soudain, alors que j'avais commencé à redescendre quelques marches, j'aperçus du coin de l'œil le début de notre paillasson. Quelque chose me traversa, une idée qui allait m'accompagner très longtemps.

Batman est devenu Batman parce que, enfant, ses parents se sont fait tuer sous ses yeux. Cela lui a donné un irrépressible besoin de justice et il s'est métamorphosé en héros masqué. Il n'avait aucun super-pouvoir si ce n'est l'envie de corriger, d'équilibrer l'horreur qu'il avait vécue.

J'interrompis la jeune femme à l'accent flou.

« Oui, oui, je comprends bien, ma demande est inhabituelle, mais voyez-vous, mon mari est mort ce matin, et il serait assez indispensable à mon fils de deux ans et demi de s'endormir ce soir dans une chambre avec une lampe Batman. »

Bim, mon super-pouvoir venait de faire sa première démonstration de force.

Cette fois pas de « Ah », mais je pus entendre de l'autre côté du combiné le souffle de mon interlocutrice se couper. Puis elle bredouilla deux-trois choses incompréhensibles avant de dire :

« On va s'arranger, bien évidemment. Vous pouvez venir à partir de 18 heures. »

Avant d'ajouter, me donnant l'impression qu'un papier à en-tête venait de prendre vie pour s'entretenir avec moi :

« Toute l'équipe du Mama Shelter Paris vous adresse ses plus sincères condoléances. »

Après l'avoir remerciée, je raccrochai. J'avais avancé depuis le début de la conversation. Les pieds dans mes chaussures d'été, j'étais de nouveau sur le paillasson du matin. Cette fois-ci, il ne picotait pas ma voûte plantaire, et cette fois-ci je n'attendais pas impuissante la venue des pompiers. Non, cette fois-ci j'étais une justicière avançant masquée, qui passerait désormais sa vie à rendre plus douce l'enfance de son fils en utilisant ce super-pouvoir qu'était la compassion des autres face aux morts injustes.

Je retournai dans le salon, fière au point d'en oublier une seconde que j'étais triste.

« Jojo, prends ta petite brosse à dents, on va dormir avec Batman. »

*

En entrant dans la chambre, Joseph a foncé vers la lampe avec une joie qui a ému la dame que j'avais eue au téléphone. Dès notre arrivée à l'accueil de l'hôtel, elle nous attendait. Dans son regard, il y avait ce mélange d'empathie et de léger voyeurisme que l'on a face à ceux qui vivent des choses terribles, de la même manière qu'on ne peut pas s'empêcher d'acheter *Paris Match* après un attentat. On a besoin de voir l'horreur pour se la figurer, on se rapproche de ceux qui ont souffert, à la fois pour comprendre et se rassurer de ne pas la vivre soi-même. C'est humain et il ne sert à rien d'en vouloir aux autres. Après tout, cette dame du Mama Shelter avait rendu possible mon souhait de cette nuit avec Batman, je n'allais pas lui reprocher d'avoir un peu de pitié dans le regard.

Physiquement, elle était à peu près comme sa voix me l'avait fait imaginer. Brune, ni grande ni petite, tirée à quatre épingles, comme son métier le lui imposait, même dans un endroit destiné à être montré en photo sur Instagram. Sur une petite plaque en plastique noir, accrochée au revers de sa veste couleur encre, on pouvait lire son prénom, « Blanche ». Elle ne s'appelait pas Bianca ou Blanca. Cela me confirmait que l'accent que j'avais cru deviner au téléphone était bien le produit d'un cerveau un peu fatigué. Depuis le hall de l'hôtel, comme sur le chemin nous y emmenant en taxi, on entendait les hurlements enjoués des gens regardant le match. Tout était bleu, blanc, rouge. Joseph n'y prêtait pas attention, faisant naître chez moi un sentiment de soulagement et de fierté. Mon petit garçon s'était adapté, lui qui vingt-quatre heures plus tôt ne jurait que par cette finale de Coupe du monde avait fait disparaître de sa liste d'intérêts tout ce qui ressemblait à un ballon, à un drapeau tricolore. Depuis sa petite *Marseillaise* dans la voiture et sa demande de ne pas regarder le match, il n'avait plus fait aucune référence à l'événement. Plus rien d'autre ne comptait ce jour-là que sa rencontre avec Batman. Et la mort de son père.

Moi, en revanche, je supportais de moins en moins ces cris, cette joie, l'ambiance festive qui montait. Cela devait se lire sur mon visage car Blanche accéléra notre enregistrement. Elle tapota frénétiquement sur son clavier d'ordinateur, puis finit par dire, à l'énième série de cris, probablement consécutive à un but des Français :

« Oui, bon, euh, on verra ça demain, hein, on s'en fout de toute façon de votre adresse mail pour l'instant, hein. »

Blanche avait désormais une mission : faire que nos quelques heures passées dans cet hôtel soient les plus douces possible. Aussi, sans nous demander notre avis, et alors qu'il n'existait pas à proprement parler de room-service dans cet établissement, elle nous a fait monter des pizzas, des glaces, et assez de petites bouteilles d'eau pour tenir trois semaines dans le désert. L'idée même de manger ne m'avait pas traversé l'esprit de la journée, mais Joseph, lui, avait faim, et il voulait manger de la pizza avec sa mère.

« Il faut que tout reste le plus normal possible, pensai-je, et manger c'est normal, alors mangeons. »

Les petites parts de pizza au jambon grignotées sur le lit, le film Pixar offert par la réception sur l'écran plat accroché au mur, la lampe Batman pour s'endormir dans l'odeur de fromage fondu, et sa mère collée à lui, caressant ses petites boucles brunes, Joseph avait passé une soirée dont il garderait un souvenir plus ou moins flou sans doute, mais certainement doux.

Bat-maman avait rempli sa mission. Pour ce soir-là au moins.

*

Joseph s'était endormi contre moi. Pour quitter rapidement l'appartement et ne pas trop nous charger, je n'avais pris que son doudou et un T-shirt pour la nuit. Joseph n'a jamais eu besoin de tétine, tout comme moi à son âge, il était autosuffisant en matière de réconfort et suçait son pouce. Lui le gauche, moi le droit. Ce petit indice nous avait d'ailleurs laissé penser avec Jérôme qu'il serait gaucher comme son papa.

Ce tout petit corps de petit garçon, avec ses longues jambes toutes minces, un peu bronzées de leur séjour en Bretagne, et ce reste de ventre de bébé que j'aimais tant et n'étais pas pressée de voir disparaître, prenait toute la place qu'il pouvait dans le lit king-size. C'est lui qui avait choisi le T-shirt à emporter, et sans surprise il avait pris celui que son père et lui avaient acheté quelques semaines plus tôt à la boutique du Jardin des Plantes. Ce T-shirt, comme tout ce que Joseph appréciait, était d'un goût qu'on peut sans concession qualifier de chiottes. Bleu turquoise, sérigraphié sur le devant d'un motif représentant un groupe de dauphins. Jérôme n'avait pas eu le courage de dire non à son fils qui s'était tenu à carreau tout le long de la visite, quand tous les autres enfants vociféraient en observant les singes évoluer dans leurs enclos. Joseph était resté calme, avait bien serré la main de son père, qui lui avait dit, histoire d'installer la quiétude, que s'il restait sage comme ça, il aurait droit à un cadeau à la fin. Sur le moment, Jérôme avait bien évidemment oublié le goût de chiottes de son fils. L'information lui était revenue d'un coup, à vous rendre un peu aveugle, sous la forme de ce vêtement bariolé.

Cet affreux T-shirt était donc devenu l'uniforme de la première nuit sans Jérôme. C'était un peu fou de se dire que c'était lui qui l'avait acheté, un petit mois plus tôt, à contrecœur. L'ironie de la vie se glisse parfois dans un T-shirt taille 3 ans imprimé dauphins.

La bestiole est devenue notre animal-totem avec Joseph, et à partir de cette nuit-là, nous avons commencé à la collectionner sous toutes les formes possibles.

*

Dans la chambre 415 de la maternité de la Pitié-Salpêtrière où j'étais sur le point de donner une petite sœur à mon fils, une peluche dauphin flambant neuve, étiquette encore sur la nageoire, rose sur le dessus et recouverte de paillettes au-dessous, attendait aussi impatiemment que moi cette enfant tombée du ciel. C'est évidemment Joseph qui avait choisi la plus laide de toutes les peluches de la boutique, avec amour. Certaines choses ne changent pas.

*

La lumière qui entrait par la fenêtre de la chambre de la maternité commençait à décliner. Nous n'étions qu'à la moitié du mois d'avril et il restait encore un peu de temps aux journées pour atteindre leurs longueurs maximales de la fin du mois de juin. Je n'étais pas impatiente de voir revenir l'été, même s'il s'annonçait différent de ce que je m'étais figuré avant de me rendre compte que j'étais enceinte. À peine partie l'an dernier vers la Bretagne où Joseph et moi allions rester près de cinq semaines, j'avais commencé à imaginer, lors du voyage en train, à quoi ressemblerait ce premier anniversaire. Joseph était assis près de moi, l'accoudoir relevé pour n'avoir aucune séparation entre nous. Casque sur les oreilles, il regardait à la suite des épisodes de *Pat Patrouille*. Nous avions enterré son père trois jours plus tôt, je n'avais pas l'intention de lui faire un cours théorique sur le danger des écrans avant trois ans. Suzanne m'avait gentiment accompagnée et proposé de passer les trois ou quatre premiers jours là-bas avec moi. J'avais bien sûr accepté même si cela me contrariait qu'elle bouleverse ses vacances et laisse sa fille et son mari seuls. Suzanne, elle, n'avait pas l'air d'avoir bouleversé quoi que ce soit et avait rendu non négociable sa présence. La savoir à mes côtés me permettait d'alléger un certain nombre de choses, mais surtout de ne pas me sentir tout de suite complètement seule. Seul parent survivant. Seul maître à bord. Dans ce train qui nous emmenait chez mes parents, je savais par exemple que mon esprit pouvait partir divaguer assez loin car Suzanne gardait un œil sur Joseph, et réagirait en une seconde si un problème technique avec le lecteur portable ou une pause pipi venait s'inviter dans le voyage.

Je pouvais donc, tout à loisir, commencer à dresser la liste des épreuves à affronter ces prochains mois, à les classer par ordre chronologique, puis par niveau de difficulté. Je pouvais me lancer dans l'élaboration d'un tableau Excel mental de cette première année de deuil avec mon fils. Dans l'ordre d'arrivée, la rentrée en maternelle, puis son anniversaire, puis Noël, puis l'anniversaire de Jérôme en janvier, puis le mien en mars, puis une période plus calme jusqu'au premier anniversaire en juillet. Ensuite par ordre de pénibilité, j'optai pour le classement suivant, du plus au moins douloureux :

- Anniversaire de Joseph
- Noël
- Premier anniversaire de la mort de Jérôme
- Rentrée en maternelle
- Anniversaire de Jérôme
- Mon anniversaire

J'oubliai probablement des étapes, mais la vue d'ensemble de ce premier parcours me calmait un peu. Juste un peu, et d'une main je glissai vers la poche de mon sac pour y récupérer une petite boîte en métal sur laquelle un autocollant désormais presque effacé représentait une feuille de menthe. Cette ancienne boîte de pastilles achetée je ne sais plus où faisait désormais office de pilulier et j'y avais rangé une petite pincée de bâtonnets de Lexomil, que mon médecin avait eu la gentillesse de me prescrire dès le lendemain de la mort de Jérôme.

*

Je l'avais appelée alors que nous attendions le petit déjeuner au Mama Shelter. J'avais calé Joseph sur les toilettes, le matin au réveil étant son moment de prédilection pour faire caca. Alors qu'il fallait penser à mille choses déjà à ce moment précis, alors que je commençais mentalement à écrire les messages à l'intention de nos amis, je m'étais dit qu'il n'était pas question que le récent apprentissage de la propreté de Joseph soit réduit à néant par la mort de son père.

Un pipi au lit de temps en temps, c'était à prévoir, mais repasser l'été en couches et compliquer encore un peu plus sa rentrée en maternelle, il n'en était pas question.

Le choc de la mort de Jérôme me transformait définitivement en robot, mais en robot efficace. Et puis, sans plonger mon fils dans une mare de déni, je voulais de toute façon que sa vie reste la plus normale possible, et cela passait aussi par le bon déroulement de son caca du matin.

Alors que la tonalité retentissait pour la deuxième fois, je me préparais à entendre la voix de celle qui, depuis une dizaine d'années, avait tout connu de mes petits bobos, de mes angoisses existentielles, de mes envies d'enfant, de ma grossesse, de ma rééducation du périnée, de mon manque de sommeil, des gastros transmises par mon fils. J'aimais beaucoup cette femme, calme, philosophe, qui prenait toujours le temps de bavarder avec ses patients, sans jamais en faire attendre d'autres. C'était même elle qui nous avait donné le nom du pédiatre que l'on aimait tant. Elle qui m'avait rassurée quand une suspicion, confirmée plus tard, d'un très léger asthme avait été évoquée dans les premiers mois de la vie de Joseph. Elle aussi qui m'avait rassurée pendant ma grossesse, quand je faisais des cauchemars sur mon accouchement. Elle qui, enfin, avait su soigner ma culpabilité de jeune maman enroulée dans le bonheur jusqu'aux oreilles quand toute la France pleurait les morts du 13 novembre. Cette femme avait toujours été là pour moi, et ce coup de fil que je lui passais en ce lundi matin de juillet n'était pas tant pour obtenir une ordonnance ou des conseils, mais surtout pour la prévenir, comme j'allais le faire un peu plus tard dans la journée avec nos amis les plus proches.

« Oui, allô ? »

« Oui, bonjour docteur Chortin, c'est Juliette, la maman de Joseph… »

Je ne savais pas trop pourquoi je n'avais pas dit mon nom de famille, pourquoi j'avais considéré qu'il était plus simple de m'identifier comme « la maman de Joseph », comme s'il n'y avait sur Terre qu'une seule Juliette mère d'un Joseph.

« Et comment va-t-il, ce petit Joseph ? » répondit-elle.

Était-ce une façon de gagner encore quelques instants pour réussir à comprendre à qui elle parlait ou était-ce une question tout à fait sincère, je n'étais pas capable de le définir, mais je devais rester concentrée sur mon objectif : lui dire que j'étais désormais veuve avant que mon fils ait fini son caca du matin.

« Joseph va bien je crois, c'est un peu pour ça que je vous appelais. Je suis désolée, docteur, de vous faire commencer la semaine comme ça, mais en fait je vous appelle parce que je n'ai pas une bonne nouvelle. »

Voilà que je me mettais à abuser d'euphémismes.

En effet, ce n'était pas une « bonne nouvelle » que j'étais sur le point de lui révéler. J'aurais dû dire : « Je vous appelle parce qu'il y a eu un drame », au moins elle aurait tout de suite compris. Mais j'avais besoin de quelques secondes supplémentaires avant d'annoncer la mort de Jérôme.

« Qu'est-ce qu'il vous arrive, Juliette ? C'est l'asthme qui refait des siennes ? »

Sa voix était si douce que j'avais l'impression qu'elle était dans la chambre avec nous. J'aurais rêvé qu'elle y soit, d'ailleurs.

« En fait… hier, je me suis levée la première, et j'ai voulu préparer le café pour Jérôme et moi, et, en fait, en arrivant dans la chambre il ne réagissait pas, du coup, en fait, j'ai appelé les pompiers qui sont arrivés très vite et ont essayé beaucoup de choses, mais en fait, ils l'ont déclaré mort au bout d'une demi-heure, je crois. Donc en fait, je vous appelais pour vous prévenir, parce qu'en fait vous nous connaissez bien depuis le temps. Et du coup, je ne sais pas si en fait, je dois venir vous voir, ou si ça peut attendre, en fait. »

Huit « en fait » d'affilée, dans le même souffle. Quand l'heure est grave, la syntaxe est pauvre.

« Et vous êtes où, là, Juliette ? »

Sa voix avait changé. Elle était dans une tonalité un tout petit peu différente. Dièse.

« Nous sommes à l'hôtel avec Joseph, on s'est réfugiés là pour éviter les bruits de la finale, et puis je ne voulais pas vraiment dormir là où… »

De l'autre coté du téléphone, j'ai entendu le docteur Chortin murmurer :

« Oh, chère Juliette, c'est affreux… Je suis… »

Le dernier mot était inaudible. Je votai pour « désolée » ou « navrée ».

Elle se racla la gorge et ajouta :

« Venez quand vous voulez, je vous attends. »

*

J'ai laissé Joseph à mes parents en rentrant de l'hôtel. À peine arrivés chez nous, il leur a montré fièrement le petit sac en tissu clair, siglé du logo de l'hôtel, que Blanche lui avait préparé. Je pense que si elle avait pu mettre dedans l'intégralité du bâtiment, elle l'aurait fait. Elle s'en était approchée, le sac contenait deux boîtes de crayons de cire, trois cahiers de coloriages identiques, des pastilles à la menthe, des mini-savons, des mini-confitures et un masque représentant Bugs Bunny, beaucoup trop grand pour la tête de Joseph, mais faisant tout de même son petit effet auprès de mon fils. J'imaginais Blanche, quelques minutes avant notre départ, courant partout dans l'hôtel à la recherche du maximum de choses à nous offrir. Je suis sûre qu'elle a envisagé de nous glisser des sachets de sucre et des rouleaux de papier toilette. Blanche, comme allaient faire beaucoup de gens désormais, transformait sa culpabilité d'être humain pas malheureux, ou en tout cas moins malheureux que nous, en nous inondant d'attentions. Joseph était content, et moi, j'avais assez de pastilles de menthe pour ne plus jamais sentir mauvais de la bouche. Quand nous avons quitté l'hôtel, elle nous a raccompagnés jusqu'à la berline Uber qui allait nous ramener vers la réalité. Nous n'avions aucun bagage, cela n'avait pas vraiment de sens de nous escorter ainsi, mais elle semblait s'en faire un devoir. Après avoir installé Joseph, je me retournai vers elle et constatai que ses yeux étaient à présent remplis de larmes, prêtes à couler vers son nez légèrement en trompette. J'étais dans un tel état de sidération depuis un peu plus de vingt-quatre heures que je n'avais pas beaucoup pleuré encore. Il fallait bien que les larmes aillent quelque part, et c'était dans les yeux de Blanche. Elle se tenait là, droite, les épaules rentrées, en train de lutter comme elle pouvait pour ne pas pleurer devant moi. Elle semblait vouloir me prendre dans ses bras, mais l'envie n'était pas réciproque. Pour écourter les adieux et retourner vers mon petit garçon et notre maison hantée, je posai fermement une main sur son bras gauche et le serrai, comme si c'était à moi tout à coup de la consoler.

« Allez, on file, merci pour tout et courage ! »

Je refermai la portière aux vitres teintées sans me retourner.

Pourquoi lui avais-je dit « courage » ?

*

Le chauffeur m'a gentiment attendue en bas de la maison, le temps que je dépose Joseph et son kilo de coloriages. Le docteur Chortin m'avait dit de passer dès que je le voulais dans la matinée et je le voulais maintenant. Son cabinet n'était pas si loin, mais je n'avais pas la force de marcher dans ces rues où les gobelets vides et les confettis trahissaient encore la liesse de la veille. Nous avions à peine redémarré que l'homme derrière son volant me complimenta sur mon petit garçon.

« J'en ai un du même âge et je peux vous dire que c'est pas le même genre. Toujours à courir partout, il ne tient pas en place, il n'obéit jamais. Hier j'ai failli lui interdire de regarder le match juste pour avoir la paix. »

Je ne savais pas trop quoi répondre, je n'avais envie de parler qu'à la femme avec laquelle j'avais rendez-vous. Les bavardages de la vie de tous les jours me paraissaient désormais éreintants.

« Ah oui en effet », ai-je répondu, ce qui ne voulait rien dire mais avait le mérite de ne pas le relancer. Je sentais que ça n'allait pas pour autant l'arrêter. Miracle, alors qu'il rouvrait la bouche, mon téléphone sonna. C'était Jeannine.

« Désolée, je dois prendre l'appel, c'est ma belle-mère. »

Quand on préfère parler avec sa belle-mère plutôt qu'avec la personne à côté de soi, c'est qu'on n'a vraiment pas envie de parler. Le chauffeur en quête de conversation l'a compris, je crois.

« Oui, Jeannine, pardon de ne pas vous avoir encore appelée ce matin, mais on vient juste de rentrer de l'hôtel, et là je vais chez le médecin. Vous avez réussi à dormir un peu ? »

Sa voix était faible, je compris que non.

« Il faut avaler un cachet, Jeannine, et dormir pour reprendre un peu de forces. On peut attendre un peu avant de choisir le cercueil, vous savez. Votre sœur arrive à quelle heure pour vous conduire à la gare ? »

En m'entendant prononcer le mot « cercueil », le chauffeur avait eu un mouvement de tête vers moi. Je devinais qu'il jetait des regards réguliers dans ma direction par le biais du rétroviseur, mais je les évitais. J'étais de toute façon bientôt arrivée à destination, et en tenant encore quelques minutes avec Jeannine au téléphone, je pourrais m'échapper de la voiture en ne lançant qu'un « au revoir, merci » et en m'épargnant un « toutes mes condoléances » de la part de cet homme que je ne connaissais pas et que je ne reverrais pas.

« Jeannine, le plus simple, c'est peut-être qu'on se rappelle plus tard, quand je serai avec mes parents, pour qu'on cale tout ça ? Et comme ça vous pourrez parler un peu avec Jojo si vous voulez ? »

En entendant le surnom de mon fils, un sanglot lui est sorti de la gorge.

La mienne se serrait, comme presque à chaque minute, mais il n'était pas question de pleurer à l'arrière de cette voiture qui puait la lavande artificielle. Je savais que l'immeuble du docteur Chortin était au coin de la rue, juste après le feu rouge. Je ne respirais presque plus, je tenais bon. Jeannine me pleurait toujours dans l'oreille, le chauffeur me regardait toujours dans son rétroviseur central.

« Bon, Jeannine, j'arrive, là, je vais devoir raccrocher… essayez de dormir un tout petit peu s'il vous plaît, même vingt minutes… »

Je m'interrompis : « C'est juste ici monsieur, merci. »

« Jeannine, prenez des forces, on va tous en avoir besoin. »

Je sortis de la voiture pour retrouver le vrai monde où l'air n'est pas à 18 degrés et ne sent pas les toilettes d'autoroute.

Je lançai « Au revoir, monsieur » tout en claquant la portière trop mollement, ce qui m'obligea à reproduire le geste plus fortement.

« Jeannine, je vous laisse vraiment, j'en ai pour trente minutes je pense, profitez-en pour au moins fermer les yeux. On se rappelle après. »

J'entendis un bruit qui devait être un oui prononcé derrière un mouchoir et raccrochai tout en appuyant de l'autre main sur le bouton de l'Interphone. Le « tulululu » qui s'en échappa me le confirma : j'avais réussi à atteindre mon objectif. La pression se relâcha et je fondis en larmes dès le pied posé dans l'ascenseur.

Le docteur Chortin m'attendait devant la porte, un peu comme j'avais attendu les pompiers la veille, sauf qu'elle n'était pas pieds nus et que personne n'était mort aujourd'hui. Son visage était fermé mais elle essayait de me sourire. Le résultat produisait une grimace très étrange, presque drôle. Elle avait bien sûr tout de suite vu les larmes qui striaient mes joues.

« Entrez, Juliette, vous voulez un verre d'eau ? »

Je commençais à en avoir marre des verres d'eau.

*

Nous avons parlé, plus longtemps que d'habitude. En sortant de la pièce où se déroulaient les consultations, j'ai remarqué que personne n'attendait derrière moi. La mi-juillet était bien là, Paris s'était vidé. Je suis repartie, une ordonnance pliée en quatre dans la poche de mon jean pour des pilules qui calment, et d'autres qui font dormir. Le docteur Chortin m'avait aussi parlé de la possibilité de m'aider avec un traitement d'antidépresseurs, mais j'avais refusé.

« Pour le moment, je préfère affronter les choses. Je sais, c'est idiot, mais j'en ai besoin, je crois, pour que tout ça s'imprime dans mon cerveau. On verra dans quelques mois ? »

Elle a cligné des yeux de façon appuyée, et ça voulait dire oui.

Nous sommes convenues de nous voir la semaine de la rentrée, pour faire un point. Elle m'a griffonné sur un Post-it son numéro de portable en écrivant en dessous la mention « appelez si quoi que ce soit ». Quand j'ai sorti ma carte Vitale et mon chéquier, elle a simplement fait un geste de la main, les yeux vers le sol. Puis elle s'est levée pour me raccompagner, d'un pas lent. De retour sur le paillasson où elle m'avait attendue, alors qu'elle me tenait les épaules, elle a prononcé une phrase qui allait m'accompagner tout l'été :

« Autorisez-vous à aller mal, Juliette, mais autorisez-vous aussi à aller bien parfois. »

*

Dans le train vers la Bretagne, la petite boîte de menthe du Mama Shelter reconvertie en pilulier au creux de la main, je repensai à ses mots, à cette femme. Elle n'avait pas pu venir à l'enterrement qui avait eu lieu un vendredi, or le vendredi était le jour où elle travaillait à l'hôpital. Navrée de ne pas pouvoir être présente, elle avait fait envoyer l'un des seuls bouquets que j'avais trouvés beaux, car il ne ressemblait pas à un bouquet d'enterrement. Cette femme avait du goût, je l'avais remarqué en observant son cabinet, mais elle avait également une intelligence des sentiments, et savait sans doute qu'il me fallait ce jour-là des fleurs qui ne transpirent pas la mort. Le bouquet était comme je les aime, comme s'il avait été cueilli pendant une promenade. Des grands tournesols, des fleurs de carotte venant s'y emmêler, pas de plastique ni de bolduc, juste un long morceau de raphia pour faire tenir l'ensemble. Une petite enveloppe coincée entre deux tiges portait mon nom. Ma mère me l'avait gentiment fait parvenir avant le début de la cérémonie.

« Je pense fort à vous trois. Dr. C. »

Bousculant alors ce qui était prévu, j'étais allée trouver Jean – Jeannine n'était pas en état de prendre une décision – afin de lui demander s'il était d'accord, plutôt que d'utiliser les roses du fleuriste mises à disposition, pour défaire ce bouquet et proposer aux gens présents de jeter les fleurs qui le composaient dans la tombe de Jérôme. J'avais laissé Jean et Jeannine tout organiser, mais sur ce point, j'étais soudain déterminée. Après tout, il s'agissait des fleurs qui resteraient avec lui.

Jean, un peu comme le docteur Chortin, plissa des yeux pour dire oui. Je crois qu'il n'avait pas vraiment d'avis sur les fleurs, mais qu'il était content de me voir enfin décider de quelque chose, moi qui avais été si absente dans toute cette organisation. Je demandai alors à Suzanne de s'occuper de prévenir les employés des pompes funèbres de ce changement. Dans un sourire tendre, elle me fit une bise et dans l'oreille me glissa cette phrase qui deviendrait le mantra de mon été :

« Je m'en occupe. »

*

J'ai revu le docteur Chortin le jour de la rentrée en maternelle de Joseph. L'accueil des parents avait lieu à 9 h 30. Suzanne m'avait bien évidemment accompagnée. La rentrée de sa petite fille, qui avait deux ans de plus que Joseph, avait eu lieu à 8 h 40, lui laissant exactement le temps de venir jusqu'en bas de la maison pour m'escorter. La veille, elle m'avait aidée, grâce à une conversation WhatsApp baptisée « La rentrée de Jojo », à choisir sa tenue de rentrée et le contenu de son tout petit cartable, elle qui était déjà passée par là. Nous avions sans doute besoin d'un peu de légèreté à ce moment-là, d'où les échanges étirés au maximum. Au bout de deux heures et une kyrielle de messages qui nous avaient fait pouffer des deux côtés, nous avions opté pour un jean noir, une marinière noir et moutarde et des baskets à scratch rouge et blanc. La météo prévoyait un mercure assez clément, mais je complétai tout de même l'ensemble d'un sweat-shirt à capuche bleu électrique. Suzanne valida, en ajoutant dans un énième message qui fit faire « ding » à mon téléphone :

« Quand on pense à tout le mal qu'on vient de se donner et qu'il va nous flinguer tout ça avec son putain de cartable Pikachu, franchement... :-) »

J'éclatai de rire et Joseph déboula d'un coup sur le seuil de la porte de sa chambre. Je sursautai, surprise, mais aussi un peu coupable d'avoir ri de son goût de chiottes désormais légendaire. Il me faisait un grand sourire, il était en slip.

« J'aime bien quand tu rigoles, maman. »

« Merci mon chéri. Et pourquoi tu es en slip ? »

« J'ai fait caca mais y a plus de papier. »

La réalité de la maternité venait de me rattraper. Avoir des enfants, ce n'est pas seulement se moquer d'eux quand ils ont le dos tourné. J'envoyai un ultime message à Suzanne :

« Urgence caca, je te laisse. Bisous et à demain 9 h 10 en bas de la maison avec Pikachu. »

J'arrivai dans les toilettes où effectivement Joseph avait passé quelques minutes productives. Le petit rouleau de carton sur lequel étaient restés accrochés des filaments blancs de papier ne pouvait pas lui servir à grand-chose, et le rouleau suivant, d'habitude à disposition, n'avait pas été renouvelé. On retrouvait petit à petit nos marques dans cet appartement resté inoccupé tout l'été. J'attrapai le rouleau vide et réalisai tout à coup que c'était sûrement le dernier dont Jérôme s'était servi. Un peu gênée par le ridicule de mon geste, sans l'interrompre pour autant, j'ouvris le petit placard qui longe la colonne d'eau, sortis deux nouveaux rouleaux et posai à la place le tube de carton vide, drôle de relique dont je ne pouvais pas imaginer une seule seconde me séparer. Mon geste était si absurde qu'il me fit rire à nouveau, au grand bonheur de Joseph qui n'avait rien compris de cette scène. Pour être sûre que personne ne prenne l'initiative de jeter l'objet, je décidai de le cacher bien au fond du placard. J'en vidai la moitié du contenu, plaçai le rouleau bien à l'abri, et remis devant les paquets de lingettes, le petit bidon de pastilles de javel, les rouleaux neufs et une boîte de tampons. Soudain, en regardant cette dernière, quelque chose se serra dans mon estomac. Je posai la boîte là où je l'avais prise quelques secondes plus tôt sans pouvoir la quitter des yeux. Je venais de me rendre compte que j'étais partie en vacances sans l'emporter et qu'elle ne m'avait pas fait défaut. Nous étions le dimanche 2 septembre et je n'avais pas eu mes règles de l'été. Et l'information venait tout juste d'arriver à mon cerveau.

Je repris mon téléphone glissé dans ma poche au moment de l'urgence papier toilette de Joseph, et envoyai un message au docteur Chortin :

« Bonsoir et pardon de vous déranger un peu tard, mais possible de venir vous voir demain plutôt que jeudi comme on avait prévu ? C'est peut-être urgent. Juliette »

J'avais à peine eu le temps de remettre mon téléphone dans ma poche et de refermer la porte du petit placard qu'un « ding » se fit entendre.

« Je serai au cabinet à partir de 10 h 30, passez quand vous voulez. »

*

Je n'ai rien dit à Suzanne quand je l'ai retrouvée le lendemain matin. Je ne savais pas trop quoi dire d'ailleurs. Toute la nuit, je m'étais figuré que le choc de la mort de Jérôme avait été si violent que mon corps s'était en quelque sorte arrêté lui aussi. Je me demandais même, recherches sur Internet aidant, si je n'avais pas fait une réaction psychosomatique forte et développé un cancer gynécologique. Je me voyais déjà mourir dans trois mois et laisser Joseph orphelin avant Noël. Pour essayer de m'endormir, j'avais fini par me convaincre en avalant deux portions de Lexomil que j'étais tout simplement fatiguée et que mon corps s'était adapté à tout ça. À aucun moment mon cerveau n'a voulu entendre que la solution la plus logique était aussi la plus douce. Pas une fois cette nuit-là je n'ai envisagé la possibilité d'être enceinte. Ce fut pourtant la première et seule hypothèse du docteur Chortin le lendemain matin. Alors que je venais de m'asseoir dans un des fauteuils en velours prune de son cabinet, la tête encore dans la rentrée en maternelle et la nuit presque blanche, elle me fit remarquer que j'avais bonne mine, que l'air breton m'avait fait les joues roses. Mais voyant mon regard assombri par l'inquiétude, elle avait tout de suite enchaîné :

« Bon, j'ai bien eu votre message hier soir, racontez-moi, Juliette. »

Je lui expliquai rapidement les vacances, le calme, le retour, le rouleau de papier toilette, la boîte de tampons et mon absence de règles cet été. Je lui fis part aussi de mes lectures de la nuit, de ma peur du fibrome, de la ménopause nerveuse et d'un certain nombre de syndromes que l'on ne trouve que dans d'obscurs forums, enfouis tout au fond des recherches sur le web.

Sans un mot, en dévissant simplement le capuchon de son stylo-plume en bakélite noire, elle demanda :

« Les dernières règles datent de quand, vous vous rappelez ? »

Je ne me rappelais pas, mais la femme moderne que j'étais n'avait pas besoin de se souvenir de ce genre de choses, car des applications le faisaient pour elle. Je sortis mon téléphone de la petite poche intérieure de mon sac à main et commençai à chercher.

« Je vais vous dire ça... parce que je vous avoue que je sais à peine quel jour on est aujourd'hui... ah voilà, début 2 juillet fin le 7. »

Il y eut quelques secondes de blanc durant lesquelles le docteur Chortin ôta ses lunettes et s'adossa profondément dans son fauteuil, un petit sourire au coin de la bouche. J'ajoutai :

« C'est un problème hormonal ? »

Mon cerveau avait visiblement décidé de jouer au plus con.

« Faut faire une prise de sang, j'imagine, faut prendre un traitement ? Ah non, c'est la thyroïde ? J'ai une tante qui a eu ça, je crois. »

Le docteur Chortin se pencha doucement vers moi, les avant-bras croisés sur son bureau, les doigts de la main gauche emmêlés dans ceux de la main droite. Elle avait bien compris que je n'avais pas compris.

« Ma chère Juliette... », commença-t-elle.

Puis elle tendit les mains comme pour rejoindre les miennes, paumes vers le ciel. Un peu inquiète, car toujours persuadée qu'on allait m'annoncer un diagnostic fatal à court terme, je glissai mes mains là où elle m'invitait à le faire. Refermant doucement ses doigts, elle me dit calmement, les yeux plantés dans les miens. :

« ... Je crois bien que vous êtes enceinte. »

*

Le silence s'est installé une minute, peut-être deux, dans le cabinet. J'avais toujours mes mains dans celles de mon médecin. Je regardais ses doigts, la bague dorée en forme de serpent qu'elle portait à l'auriculaire gauche, une autre au majeur de la même main, anneau assez épais et comme martelé sur lequel était posée une pierre, un grenat sans doute. De l'autre côté, au majeur aussi, un jonc, plus fin, dans un or plus rose que les deux autres. Il n'était ni sur le bon doigt ni sur le bon côté mais il ressemblait à une alliance.

Je regardais mes bijoux, j'en avais trois aussi. Une petite bague, sorte de fil en or tourné sur lui-même comme s'il était un scoubidou, figurant la lettre J. Jérôme me l'avait offerte, un peu à ma demande, quand nous nous étions pacsés quelques mois après la naissance de Joseph. Sur le doigt voisin, une bague ancienne, que ma mère m'avait offerte en apprenant que j'attendais un enfant. Elle avait été si émue et prise au dépourvu qu'elle l'avait enlevée de son doigt pour me l'offrir, à peine la nouvelle connue. Ils n'avaient pas du tout les mêmes teintes mais j'aimais la façon dont ces deux bijoux se répondaient. Je les portais volontairement à droite, laissant la main gauche libre pour donner à Jérôme l'envie de se décider un jour à franchir un pas de plus dans notre histoire.

Mais ce matin-là, dans le cabinet de mon médecin généraliste, il y avait une troisième bague, à l'annulaire de ma main gauche, et alors que je venais d'apprendre que j'étais probablement enceinte d'un mort, me revint un souvenir du mois de juillet.

*

Après avoir dit que je n'y retournerais pas, et surtout pas avec Joseph, j'avais changé d'avis, et le mardi entre la mort et l'enterrement de Jérôme, je me retrouvais à nouveau à contourner le bloc de préfabriqués puis à gravir les trois petites marches vers le royaume des morts et le bâtiment de l'institut médico-légal. J'y avais pensé toute la nuit sans sommeil qui avait précédé. La première chez nous, la première sans

Batman, la première dans ce lit où Jérôme était mort. Je n'avais même pas voulu que Suzanne m'aide à changer les draps, j'avais juste posé une sorte de grand plaid sur *son côté* et m'étais allongée sur le mien, sans lui tourner le dos pour ne pas avoir le moindre espoir au réveil de le trouver près de moi. Mais je n'avais pas dormi. J'avais simplement fixé pendant huit heures cet oreiller sur lequel on pouvait presque encore deviner l'empreinte de la tête de Jérôme. J'avais eu envie de mettre tout sous cloche, de faire de notre chambre un musée, un vestige que l'on visite derrière un cordon en velours rouge, de ce qu'avait été notre vie, notre bonheur bien fragile. Comme pour les grottes de Lascaux, on aurait même pu décider de reproduire l'endroit à l'identique, pour ne pas prendre le risque que les visiteurs l'abîment. Je pensais à tout ça, la tête sur mon oreiller qui buvait mes larmes, goutte après goutte, comme un hamster. Je pleurais en silence, tétanisée à l'idée que les petites oreilles de Joseph entendent au loin la tristesse de sa mère. Suzanne s'était installée sur le canapé des pompiers, je distinguais le souffle de sa respiration. J'avais entendu ses larmes un peu plus tôt dans la nuit. Enfin pas ses larmes, muettes elles aussi, mais ses reniflements, le bruit des paquets de mouchoirs en papier qu'on ouvre et referme au fur et à mesure. La bande-son du chagrin est un bruit de plastique froissé.

Vers 3 heures du matin, après une crise de larmes plus forte que les autres, j'avais l'impression d'avoir couru un marathon. J'étais épuisée de les avoir fait sortir une par une, en silence. J'étais presque sonnée, comme si c'était une vraie vague, une de celles bien puissantes que l'on trouve sur la côte atlantique, qui m'avait fauchée d'un coup et laissée à peine consciente sur le sable mouillé. En raclant mes pommettes de la paume de ma main gauche, j'avais soudain eu un coup au ventre. Jamais Jérôme n'y ferait glisser un anneau un jour, un samedi, dans une mairie, devant nos amis. Dans notre lit, il y avait désormais le trou à sa place, le plaid linceul, mes larmes dans l'oreiller et ma main nue. Ça faisait beaucoup pour un matelas de 140 cm de largeur. Vers 4 heures du matin, c'était décidé : je retournerais voir Jérôme le lendemain et nous allions nous marier.

*

Je suis arrivée devant le bâtiment en brique vers 13 heures. Joseph était à la maison avec ses quatre grands-parents. Ma mère a été la seule à qui j'ai confié ce que j'allais faire pendant deux heures. Elle n'avait rien dit, m'avait juste prise dans ses bras et j'avais considéré qu'il s'agissait d'une approbation, même si je ne l'avais pas demandée.

J'ai grimpé les trois marches. Elles avaient l'air d'avoir été multipliées par mille en deux jours. Je me suis présentée à l'accueil, j'ai donné mon nom et celui de la personne que je venais *voir*. La dame n'était pas la même que dimanche, ou peut-être que si. J'ai été accompagnée vers une partie du bâtiment que je ne connaissais pas encore. Puis on m'a proposé de poser mes affaires sur une chaise pliante et on m'a demandé si je voulais un verre d'eau. Ça faisait vingt-quatre heures qu'on ne m'en avait pas proposé un et ça ne me manquait pas. J'ai posé sur la chaise mon sac à main et une petite veste légère en jean que Suzanne m'avait forcée à mettre depuis la veille parce qu'elle avait peur que je prenne froid, malgré l'été et les températures de saison. Dans mon autre main, je tenais un petit sac cartonné rouge sang sur lequel était gaufrée la marque d'un joaillier. La dame qui m'avait escortée jusqu'à la chaise pliante avait vu mon petit paquet et sûrement compris ce que j'étais venue faire. Je ne devais pas être la première ni la dernière à avoir cette idée. Elle a mis une main sur mon bras, l'a serré délicatement, et m'a dit : « Je vous invite à me suivre. »

Alors je l'ai suivie.

*

Jérôme n'avait déjà plus vraiment la même tête. Sa peau avait une couleur très particulière, plus très humaine, marbrée, presque minérale. Un drap le recouvrait jusqu'aux aisselles. N'étaient visibles que ses bras, ses jolies épaules dessinées et son visage. Je préférais ne pas penser à ce qu'ils avaient fait du reste. De toutes mes forces, je m'empêchais de penser à ce qu'ils avaient enlevé, pesé, vidé, échantillonné.

Dans mes mains, je serrais très fort deux petites boîtes carrées de la même couleur que le sac en papier.

« Je peux les poser sur la table ? » demandai-je à la dame, avant de me rendre compte qu'elle m'avait laissée seule. Je devinais ses chaussures dans l'interstice sous la porte. Elle avait compris qu'allait avoir lieu une cérémonie privée et avait eu la grande élégance de me laisser tranquille, là où le règlement imposait sa présence.

J'ai donc posé les deux écrins sur la table en Inox sur laquelle était allongé Jérôme. Je lui ai parlé, doucement, tout en ouvrant les boîtes.

« Bon, tu vas râler hein, tu vas dire que je décide de tout sans t'en parler, je sais, mais bon, tu me prends un peu de court là, mon chéri. » De la pulpe de mes doigts, j'ai effleuré le dos de sa main, là où une petite cicatrice, brûlure de fer à repasser qui datait du printemps, me rappelait que la forme un peu grise devant moi était bien l'homme que j'aimais. Puis j'ai ouvert les deux boîtes. Elles contenaient chacune une bague faite de trois anneaux aux ors différents.

*

Une heure avant, j'étais entrée dans la boutique Cartier de la rue du Faubourg-Saint-Honoré d'un pas décidé. Mon allure de fille n'ayant pas vraiment dormi depuis deux jours n'était pas raccord avec celle des touristes fortunés se pressant contre les vitrines remplies de montres, de bracelets et autres boucles d'oreilles qu'on distinguait à peine sous l'éclat des diamants. Une jeune vendeuse, blonde, avec un chignon de danseuse d'où absolument aucun cheveu n'osait s'échapper, croisa mon regard et se dirigea vers moi dans un sourire professionnel. *En temps normal*, j'ai horreur qu'on ne me laisse pas quelques minutes pour regarder, hésiter et éventuellement ressortir d'un magasin, sans avoir besoin de me justifier de quoi que ce soit.

« Bonjour madame, et bienvenue ! Est-ce que je peux vous proposer un renseignement ? »

Avant qu'elle ne finisse sa phrase, j'ai cru qu'elle s'apprêtait à m'offrir un verre d'eau, elle aussi. Soulagée que ce ne soit pas le cas pour une fois, je répondis de ma voix d'attente téléphonique :

« Oui, en fait je sais exactement ce que je veux, il me faudrait celle-ci, en deux tailles différentes. » Je désignai dans la vitrine le petit objet qui m'était apparu au beau milieu de la nuit.

« Mais bien sûr, je vous invite à venir vous asseoir juste à côté de ma collègue là-bas pour les essayages. On attend une autre personne, peut-être ? »

Ce « peut-être » fut une flèche dans mon estomac. Incapable de prononcer un mot, j'ai juste fait « non » de la tête comme Joseph quand on lui demande de finir ses courgettes. Sauf que des larmes venaient d'un coup de me glisser sur les joues. La vendeuse resta comme figée dans son sourire et son geste vers la table. On apprend beaucoup de choses aux gens qui travaillent dans les métiers du luxe, mais pas la façon de gérer des larmes intempestives à 11 h 39 du matin. Puis soudain, j'ai vu dans ses yeux apparaître un soulagement, une solution :

« Vous souhaitez un verre d'eau, peut-être ? »

La vendeuse, qui marchait sur des œufs désormais, m'a fait essayer trois tailles différentes avant de me conseiller le 51 qui me serrait moins que le 50 et qui ne risquait pas de glisser une fois les températures redevenues plus fraîches. Prenant un maximum de temps pour déposer la première bague dans son écrin, elle savait qu'il faudrait bien se lancer à un moment ou à un autre et cherchait probablement une formule appropriée. Elle devait regretter de ne pas m'avoir fait essayer toutes les tailles entre le 43 et le 70. Avec un sourire de plus en plus crispé qui fit presque disparaître ses yeux à l'intérieur de ses pommettes, elle prit une petite respiration discrète avant de se lancer.

« Et pour la seconde, vous aviez peut-être une idée pour la taille… »

Elle disait beaucoup « peut-être », cette dame. Je m'en rendais compte. Ç'avait l'air d'être une bonne béquille pour tenir dans son malaise face à moi.

« C'est pour un homme, mais je n'ai aucune idée de la taille, le plus simple c'est que je prenne la plus grande. »

Ravie d'avoir une nouvelle mission, elle se redressa et posa les mains de chaque côté de la petite table sur laquelle nous avions fait les essayages de ma bague, prête à se relever pour aller chercher celle de Jérôme. Et prête aussi à tirer une autre flèche, dans mon cœur cette fois.

« Oui bien sûr, faisons comme ça, et si besoin de toute façon il pourra toujours venir la changer. »

*

J'avais l'impression qu'en quelques minutes la peau du corps de Jérôme avait encore changé de couleur, mais c'était probablement juste mes yeux qui s'habituaient peu à peu à l'éclairage au néon de la pièce. Je regardais ce grand drap blanc, de plus en plus blanc, qui soudain me faisait penser au plafond de notre appartement que j'avais tant fixé lors des premières contractions, Joseph encore dans mon ventre. Je me revoyais sur Simone dont on s'était débarrassés depuis longtemps, attendant l'homme que j'aimais, pendant l'épreuve que je pensais être la plus forte de mon existence. Pendant plusieurs semaines j'ai trouvé bizarre d'avoir tant pensé à la naissance de Joseph face à la mort de Jérôme. Rétrospectivement, je me suis dit que mon inconscient m'avait simplement fait parvenir un indice sur la suite. De la mort allait en effet surgir la vie. Et alors que je passais un anneau au doigt de celui que j'épousais pour de faux mais pour toujours, un petit paquet de cellules, mélange de nous deux, était à mon insu en train de se diviser sous mon nombril.

*

Le docteur Chortin semblait ne pas vouloir lâcher mes mains, et ça me convenait assez bien à cet instant précis, mes trois bagues aux doigts, et ma surprise dans le ventre. Je regardais mon alliance, les doigts du médecin aux ongles brillants.

« Comment ça, enceinte ? » ai-je fini par demander.

Elle ôta doucement ses mains des miennes pour se relever et se diriger précautionneusement, comme si on était dans une bibliothèque, vers le meuble en bois marqueté dans lequel je la voyais parfois ranger un dossier ou sortir un paquet d'ordonnances vierges. Je continuai :

« Mais Jérôme est mort il y a presque deux mois, comment je pourrais être enceinte ? »

À peine avais-je prononcé cette phrase que le docteur Chortin avait glissé en silence jusqu'à moi et me tendait une petite boîte en carton blanc et rose. C'était une autre marque que celle que Jérôme était allé chercher en pull le soir où j'avais mon nœud en bolduc sur le ventre.

« Vous rentrez tranquillement à la maison pour le faire et vous m'appelez ensuite ? »

Mon visage est devenu si blanc qu'elle a sursauté et a bredouillé : « Pardon Juliette, vous voulez le faire ici ? »

Comme elle m'avait appris à le faire, j'ai plissé les yeux dans un sourire pour dire oui. Elle se pencha vers moi, prit ma main et dit :

« Vous voulez un verre d'eau, peut-être ? »

*

Le test était positif. Bien sûr. Le docteur Chortin me serra dans ses bras et me conseilla d'appeler Suzanne. Elle griffonna deux ou trois ordonnances différentes, tout en soliloquant.

« Alors du coup, je note la date des dernières règles, voilà, donc pour la prise de sang, voilà, et puis là je vous rajoute ça, la vitamine on s'en fout, ça peut attendre après l'écho, ah oui l'écho, allez chez mon confrère dans l'immeuble à côté, je vais l'appeler il va vous prendre tout de suite.

J'oublie un truc, non ? Ah, la sérologie, et pour la maternité, Juliette, vous avez une idée ? »

Le test toujours en main, je n'avais une idée pour rien. Ni de la façon dont j'allais pouvoir vivre cette grossesse sans Jérôme, ni de la façon dont j'allais annoncer la nouvelle à Joseph, et à mes proches d'ailleurs. Je sentais bien dans le regard de mon médecin que ces deux barres bleues étaient une merveilleuse nouvelle, mais une merveilleuse nouvelle qui ne trouvait aucune place dans mon cerveau ni même dans mon cœur. Une forme carrée essayant vainement d'entrer dans un trou triangulaire. J'avais peu parlé depuis le moment où j'avais accepté de faire le test sur place. Le docteur Chortin avait fait les dialogues pour deux, sûrement emballée par la nouvelle, par la vie qui revient. Les gens n'aiment pas devoir gérer la mort, même les médecins qui la côtoient sans cesse. La vie l'emporte sur le reste, et sans doute m'aurait-elle de toute façon demandé d'ici quelques mois si je m'étais remise à sortir et à m'amuser, euphémisme à peine masqué pour évoquer un retour à la vie amoureuse.

« Je suis à combien de semaines, du coup ? »

Elle compta sur ses doigts avant de me répondre, toujours aussi enthousiaste, ne voulant pas deviner ma question suivante.

« A priori je dirais huit semaines d'aménorrhée, donc six semaines. Mais peut-être sept, ça dépend un peu de la durée de vos cycles, mais ça, l'écho de datation nous le dira sans problème. »

Elle continuait à noter des choses sur des papiers à en-tête. Je poursuivis :

« Et le délai est de combien ? »

Elle releva juste le nez et le regard dans ma direction, sans rien changer à la position de son corps.

« Le délai pour ? Les inscriptions en maternité ? Vous êtes encore dans les clous, rassurez-vous. »

Même la plus perspicace des femmes peut parfois se cogner de longues minutes sur le mur du déni.

« Non, le délai pour une éventuelle interruption. C'est douze semaines, il me semble, mais d'aménorrhée ou de grossesse ? Quand c'est tôt, on peut faire ça par comprimé, non ? »

Ses yeux sont devenus presque gris, comme secs. Elle semblait en apnée, privée quelques instants de ses fonctions vitales. Les courtes minutes de déni dans lesquelles elle avait barboté venaient de se transformer en tsunami qui l'envoyait loin à l'intérieur des terres de la réalité.

« Je ne comprends pas, Juliette. Vous ne voulez pas de cet enfant ? »

Pour la première fois, je découvrais une froideur chez cette femme. Tout son corps était désormais tendu. Elle avait cessé de griffonner sur tous les papiers qui lui passaient sous la plume du stylo.

Je me levai calmement, remettant dans mon sac le test et le petit paquet d'ordonnances qu'elle avait déjà posé devant moi. Je sortis à la place le chèque plié en deux que j'avais préparé la veille au soir. La gratuité de ma consultation au lendemain de la mort de Jérôme devait rester une exception, pour ne pas devenir douloureuse. Je ne voulais pas devenir celle qui ne paie plus sa généraliste depuis la mort du père de son fils. Il y avait déjà suffisamment de choses qui me distinguaient *des autres*.

Dans un sourire poli, et en remettant autour de mon cou cette écharpe fine gris orage aux légères broderies du même ton que Jérôme m'avait offerte un matin de Noël en 2014, je lui dis :

« Je ne sais pas ce que je veux, ni ce que je peux, mais je sais que j'ai besoin de temps. Je vous appelle très bientôt de toute façon. »

Ce « de toute façon » la fit encore pâlir un peu. Il portait la vie et la mort en seulement trois mots.

À peine sortie de l'immeuble où se trouvait le cabinet, j'ai appelé Suzanne, puis Colette.

*

Le soleil continuait de descendre tranquillement dans le ciel de Paris, faisant évoluer au fil des minutes les ombres portées des objets présents dans ma chambre d'hôpital. Le doudou dauphin de Joseph pour sa sœur était presque moins moche, éclairé ainsi. Une infirmière toqua doucement à la porte et presque sur la pointe des pieds s'avança jusqu'à mon lit pour vérifier les différents écrans de contrôle et le monitoring. Tout le personnel de l'hôpital avait été particulièrement délicat avec moi tout au long des rendez-vous et encore plus depuis mon admission quelques heures plus tôt. J'étais celle qui venait accoucher seule, sans mari, celle qui avait connu le drame et le miracle ensuite. J'étais une sorte de créature étrange, de légende urbaine dont on se raconte l'histoire de collègue en collègue, en doutant au fil du temps de plus en plus de la véracité des faits. Après tout, qui tombe enceinte d'un mort ? Peut-être faudrait-il appeler cette enfant Bernadette et l'emmener à Lourdes dès le cordon ombilical coupé. Ou peut-être pas.

« Tout se passe bien, le scope est parfait, elle va très bien, votre petite fille. Si vous souhaitez marcher un peu dans le couloir pour accélérer les choses et vous dégourdir avant la péridurale, je peux vous arranger la perfusion. »

Comme beaucoup de gens depuis près de neuf mois, l'infirmière me parlait, sans même s'en rendre compte, avec la voix que l'on prend pour s'adresser à un enfant. Si au tout début ce ton m'avait agacée car probablement angoissée, désormais j'y étais habituée. Je ne craignais plus qu'on me traite comme une orpheline sous prétexte que j'étais veuve. Je savais que les gens faisaient bien comme ils pouvaient compte tenu du contexte.

En remontant un peu le drap sur mes jambes je lui répondis poliment :

« Non, je n'ai pas de péridurale prévue, mais pour la marche, c'est vous qui me dites ce qui est le mieux. »

Mon choix concernant l'anesthésie la laissa perplexe et son visage fit passer le message. Au XXIe siècle, choisir de se passer d'un tel luxe et vouloir souffrir le martyre pendant des heures avait en effet des airs de décision radicale ; c'était pourtant un choix très pesé de mon côté, et ce depuis des mois.

*

Avant même de savoir si j'allais poursuivre ou non cette grossesse, je décidai, sur les conseils de Colette, de contacter Monique. Elle et Suzanne ont été admirables en apprenant la nouvelle, ne me jugeant pas un instant quand j'hésitais à la mener à son terme, écoutant sans faillir mes craintes, mes enthousiasmes soudain suivis presque chaque fois de trous noirs de tristesse. Trois jours durant, elles m'ont appelée plusieurs fois par jour, et ont décroché leur téléphone à toute heure, ne ratant aucun de mes appels quand le doute me renversait la tête et le cœur.

Colette était même restée dormir le deuxième soir, au cas où une envie de parler me viendrait dans la nuit. Ce qui fut le cas.

Assises toutes les deux sur le canapé que je n'arrivais pas à changer, les mouchoirs froissés tout autour de moi comme un parterre de fleurs blanches un peu étranges, je pleurais ce que je ne pouvais pleurer la journée, quand Joseph était là.

« Colette, je te jure, je suis face à un choix impossible. Je ne peux pas avoir un enfant sans Jérôme, je ne peux pas, mais je ne peux pas non plus me débarrasser du dernier cadeau qu'il a voulu me faire. »

En sanglots, j'essayais d'énoncer le plus clairement possible :

« Il… ne… me… reste… que… ça. »

Colette pleurait elle aussi, tout comme Suzanne quand je l'avais au téléphone. Mes amies n'essayaient pas de me cacher leurs larmes et je trouvais que c'était la plus belle preuve d'affection qu'elles pouvaient me donner. Les larmes, ça se partage, ça se mélange, et avec un peu de chance, ça sèche en même temps.

Assise près de moi, les jambes et les pieds croisés, un peu emmêlés, Colette essayait de redonner une forme à peu près utilisable à son mouchoir qui avait déjà servi au moins trois fois. Dans un rire mouillé, je lui tendis la boîte à mes pieds.

« Je pense que tu peux en prendre un neuf, pour ce soir on emmerde les arbres et la planète. »

Entre deux reniflements, elle ajouta, elle aussi dans un petit rire qui se glissait parmi les larmes :

« Oui, même Nicolas Hulot a lâché l'affaire, donc en effet, foutu pour foutu… » Le ministre de l'Écologie avait en effet démissionné quelques jours plus tôt, quand Joseph et moi passions encore nos journées à ramasser des galets sur les plages de Bretagne. Quand je ne savais pas encore que dans mon ventre était en train de se tramer le plus ironique coup du sort que mon existence ait connu.

Colette prit un mouchoir, puis un autre, comme on emporte une petite bouteille d'eau pour aller au cinéma ou au théâtre. Au cas où.

Elle posa ses mains sur mes genoux pliés en tailleur. Je sentais la chaleur de ses paumes à travers le coton du caleçon long que j'avais enfilé pour dormir. Je n'étais plus habituée à ça. À ce chaud qui vient d'un autre. Les toutes petites mains de Joseph ne faisaient pas du tout le même effet. Je sentais monter cette sensation nouvelle de malaise, que je découvrais depuis quelques semaines, celle du corps qui dit non, qui hurle qu'il ne peut pas faire cet effort-là, et tout doucement, je pris ses mains dans les miennes pour que la sensation cesse. Sans rien lui dire, pour surtout qu'elle ne pense pas avoir fait quelque chose de mal, alors que ce mini-désagrément était impossible à anticiper. Elle serrait mes doigts désormais, mes coudes s'étaient installés sur mes genoux, pour sécuriser la zone. Elle me parlait calmement tandis que je retrouvais un calme intérieur.

« Quoi que tu décides, Juliette, tu sais que de toute façon on sera là pour te soutenir avec Suzanne. Tu n'es pas toute seule. Je te jure, tu n'es pas toute seule. »

Les larmes recommencèrent à lui couler du coin extérieur des yeux. Elle avait bien fait de prendre un deuxième mouchoir *au cas où.*

*

Monique m'a proposé qu'on se voie dès le lendemain de mon appel. Les habitudes de l'hôpital ne prévoyaient pas ce genre de rendez-vous express, mais sans que je lui aie rien dit de ma situation, elle avait dû sentir au ton de ma voix qu'il fallait me donner rendez-vous, et vite. Monique me connaissait bien, même au bout de presque trois ans sans nouvelles. Preuve que ce lien entre l'accouchée et l'accoucheuse perdure, y compris une fois la rééducation du périnée terminée.

Le lendemain, donc, après avoir déposé Joseph à l'école, et l'avoir embrassé sur son petit front bouclé, j'ai pris le bus, et me suis de nouveau retrouvée face aux bébés-tournesols dans leurs pots de fleurs.

L'affiche dans la salle d'attente était toujours là. Personne n'y avait touché. Je la regardais comme on le fait avec une amie perdue de vue depuis longtemps et qu'on retrouve par hasard en attendant à la même caisse d'un grand magasin. Un peu émue, un peu gênée, sans grand-chose à dire. La couche de poussière semblait plus épaisse que la dernière fois, mais à peine, trahissant le fait que quelqu'un s'était lancé au moins une fois dans le dépoussiérage de la chose. La photo était toujours aussi ridicule. Plus je la regardais, plus je me demandais comment elle avait pu rester là au fil des années, et pas Jérôme. Et puis d'un coup, ses tournesols me ramenèrent à ceux enlevés du bouquet du docteur Chortin pour être jetés dans la tombe. Les larmes me montèrent instantanément au bord des cils. Par un heureux agencement des choses, c'est à cet instant que Monique apparut dans l'encadrure de la porte, renvoyant vite mes larmes d'où elles venaient, en tout cas pour cette fois-ci.

« Juliette, vous me suivez ? »

J'avais oublié la douceur de sa voix.

La petite salle dans laquelle Monique recevait ses patientes n'avait pas beaucoup changé non plus. Le vilain calendrier avait été remplacé par un autre vilain calendrier. À peine fus-je assise sur la petite chaise recouverte d'un coussin en Skaï qui grinçait sous les fesses que Monique me posa la seule question que je redoutais, et pourtant la plus évidente :

« Vous êtes venue seule, Juliette ? »

*

Presque une minute avait passé sans que je puisse ouvrir la bouche. Les larmes ravalées dans la salle d'attente coulaient désormais sans barrage sur mes joues. Monique s'était levée pour venir s'accroupir près de ma chaise, effleurant mon avant-bras d'un petit mouvement de va-et-vient aussi léger que réconfortant.

« Racontez-moi tout, Juliette. »

Je ne savais même pas par où commencer. Alors je lui ai tout dit, dans l'ordre où ça me venait. La mort de Jérôme, l'autopsie, les balades sur la plage pour trouver des galets, la nuit à l'hôtel avec Joseph, les fleurs au cimetière, les mots « rupture d'anévrisme » communiqués en plein milieu des vacances, la rentrée, le cartable moche, les tampons dans le placard des toilettes, l'absence de règles cet été, le test chez ma généraliste. Et mes doutes, au sujet d'avoir un autre enfant, et de supporter ou pas un avortement. À la fin de tout ça, je vis que les larmes s'étaient invitées à leur tour dans les yeux de Monique. Après un silence, elle dit dans un soupir :

« Oh Juliette, si vous saviez comme je suis désolée. »

Elle s'est relevée et, probablement désorientée par la somme d'informations qu'elle devait traiter à la fois, elle a posé sa main sur mes cheveux, comme si j'étais une enfant qu'il fallait consoler. Se rendant compte assez rapidement de la maladresse de son geste, elle glissa alors sa paume vers mon épaule et la serra doucement.

De nouveau, une bonne minute s'écoula dans un silence presque total, juste entrecoupé de quelques reniflements qui traduisaient la digestion du choc.

« Juliette, dites-moi, vos dernières règles vous savez de quand elles datent à peu près ? »

Je répondis la même chose que dans le cabinet de mon médecin, sans avoir besoin de regarder dans mon téléphone, cette fois.

Monique semblait compter mentalement tout en regardant un autre calendrier que le vilain de son bureau, un qu'elle avait sorti de son bloc tiroirs, un qui avait l'air d'être un outil de calcul médical.

« Juliette, ça nous fait donc une aménorrhée de dix semaines, en gros. Je vous propose qu'on fasse une petite écho déjà pour voir un peu la situation. »

Prudemment, en douceur, elle poursuivit :

« Dans le cas où cette grossesse serait viable et se prolongerait, nous en referons une d'ici trois semaines, pour être un peu plus dans les clous niveau planning "officiel". »

Elle marqua de ses doigts fins le geste des guillemets.

Monique m'avait manqué depuis trois ans, je m'en rendais compte à cet instant. J'aurais dû l'appeler juste pour entendre sa voix apaisante quand Joseph ne faisait pas ses nuits, ou quand j'étais anxieuse sur ses histoires d'asthme, ou quand le froid a commencé à s'installer avec Jérôme. J'aurais dû l'appeler aussi le matin après les pompiers. Cela m'aurait fait du bien, j'en suis sûre.

Elle me fit m'allonger sur la petite table d'examen recouverte de papier jetable que je connaissais bien. Elle brancha l'appareil et me demanda de déboutonner un peu mon jean et de relever mon pull en coton fin. Elle appliqua quelques noisettes de gel frais juste au-dessus de ma culotte puis posa la sonde, en tournant l'écran de contrôle vers elle. La psychologie de ce geste me fit l'aimer encore un peu plus à cet instant précis. Pendant près d'un quart d'heure, elle ne prononça pas un mot en dehors d'une phrase répétée deux ou trois fois :

« Juliette, si vous avez une question, je suis là. »

Elle reposa la sonde et me tendit une poignée de mouchoirs en papier pour essuyer mon ventre. Je remis mon pull en place, fermai les boutons de mon pantalon. Elle m'invita à reprendre place sur la chaise qui faisait grincer des fesses, puis tapa quelques mots sur le clavier de l'ordinateur posé à sa gauche sur son bureau. Au bout d'une petite minute, elle reposa son regard doux sur moi en attrapant au passage un stylo-bille qui traînait devant elle. Je faisais souvent ça aussi, attraper un stylo pour entamer une discussion compliquée, ou du moins dense. Au téléphone en particulier. Le stylo me permet d'avoir un troisième élément dans une discussion et me détend quasiment instantanément. Monique jouait avec le capuchon tout en commençant à m'expliquer :

« Après un rapide examen, Juliette, je peux vous confirmer que vous êtes enceinte, je dirais de huit semaines, et que tout est en place. »

Elle évitait de dire des phrases comme « tout va bien », et ne mentionnait pas le bébé, même en disant « l'embryon ». « Tout est en place » voulait juste dire qu'il n'y avait pas de problème supplémentaire à signaler, pas d'implantation extra-utérine, ou que sais-je encore. J'avais un peu de répit. Elle poursuivit, toujours de son ton prudent :

« Il n'y en a qu'un. » Sans dire un quoi.

« Étant donné le stade de votre grossesse, une interruption devra se faire de manière chirurgicale. Nous sommes trop avancées pour la solution médicamenteuse, mais entre nous, je la déconseille de toute façon à mes patientes, car je la trouve plus dure à supporter, physiquement et psychologiquement. »

Mes yeux faisaient des allers-retours entre son regard et son stylo-bille. Il y avait une différence étonnante entre le calme de l'un et l'agitation autour de l'autre. Elle triturait maintenant le capuchon en essayant de tordre la petite partie qui permet d'accrocher le stylo à un cahier ou à l'intérieur d'une poche. Je sentais son anxiété face à ma situation et je la remerciais silencieusement de ne l'exprimer que sur un petit morceau de plastique.

Puis Monique prononça cette phrase que je n'avais pas entendue depuis des semaines :

« Vous voulez peut-être un verre d'eau, Juliette ? »

« Non, je vous remercie, j'ai arrêté les verres d'eau », répondis-je en souriant. Elle me rendit mon sourire. Puis Monique lâcha son stylo, quitta son fauteuil en le faisant pivoter sur lui-même et revint près de moi, cette fois dans une position mi-debout, mi-appuyée contre l'angle de son bureau. Elle me tendit les mains, m'invitant ainsi à y glisser les miennes. Depuis la mort de Jérôme je tenais plus de mains entre mes doigts qu'un vendeur de gants. Monique prononça alors les mots qui allaient changer le cours de ma vie.

« Juliette, je vais vous parler comme je le ferais à une amie et pas à une patiente, d'accord ? Est-ce que vous supporterez une grossesse sans Jérôme ? Je n'en doute pas. Ce sera difficile, évidemment, mais il reste tellement d'amour autour de vous… Vous ne serez pas seule. »

Elle marqua un temps, pinça un peu les lèvres et continua :

« Est-ce que vous supporterez de ne pas connaître cet enfant ? J'en suis moins sûre. J'ai l'impression que ce serait ajouter du malheur à votre malheur. »

Avant même que je puisse lui répondre, elle ajouta :

« De toute façon, vous n'avez pas à décider maintenant. On a encore une dizaine de jours environ. Prenez le temps du week-end, calmement. Et on s'appelle lundi ou mardi, d'accord ? »

J'ai fait « oui » du menton. Nous étions vendredi, j'avais trois jours pour décider de la vie que je voulais, les mots de Monique en tête.

*

En sortant de ce rendez-vous qui m'avait semblé durer des semaines tant il avait été intense, je décidai de ne pas prendre le bus et de rentrer à pied tranquillement. Mes pensées dans les paroles de Monique, et sur le moniteur qu'elle m'avait caché. Il faisait si doux dans les rues de Paris en ce début du mois de septembre que c'était presque dommage d'avoir la tête à ce point dans les soucis. Mon itinéraire de retour m'amena à passer devant le salon de coiffure où j'avais mes habitudes. Depuis une petite dizaine d'années, c'était cette porte que je poussais chaque fois que je voulais me lancer dans des manœuvres capillaires, plus ou moins réussies. Une fois, j'avais voulu une frange qui me barrait le regard, et qui avait vite fini par ressembler à un petit animal mort au-dessus de la ligne de mes sourcils. Un autre jour j'avais décidé d'être blonde façon femme fatale et le résultat fut surtout fatal pour mes cheveux que j'avais dû franchement raccourcir peu de temps après. Le reste du temps, mes passages dans ce salon se déroulaient plus normalement, quelques pointes coupées, un joli carré quand venait l'été, un brushing les jours de mariage, et je repartais toujours allégée de quelques cheveux et, pour quelques jours, de mes soucis. C'est aussi là que nous avions emmené Joseph couper ses premières boucles, quand Jérôme en avait eu marre qu'on lui dise que sa petite fille était très jolie. Joseph avait été très sage pour un enfant de dix-huit mois, très impressionné aussi par cette première expérience dans la vie des grandes personnes. Il n'avait pas ouvert la bouche, les yeux rivés sur le miroir qui lui faisait face. Il observait, pas si serein, les coups de ciseaux précis et les petits paquets de cheveux voler à droite à gauche. J'en avais récupéré un petit tas que j'avais aussitôt glissé dans une enveloppe blanche assez banale que j'avais prise au bureau.

Dessus, j'avais tout de suite noté la date et la mention « 20 mai 2017 – Jojo 1er coiffeur ».

Avec la collerette en plastique sombre autour de son tout petit cou et ce peignoir noir dix fois trop grand d'où seules sa tête et la pointe de ses pieds dépassaient, il avait l'air de poser pour un de ces tableaux de la famille royale d'Espagne peints par Vélasquez. Ses petits cheveux mouillés collés sur les joues, le front et la nuque, il attendait, en nous jetant de temps à autre des regards en coin, car il avait compris que la seule consigne était de ne pas bouger. Ce qui n'avait pas renforcé sa décontraction quant à la façon d'aborder ce moment.

Je poussai la porte vitrée sur laquelle étaient inscrits à la peinture dorée les horaires et jours d'ouverture. Cela provoqua un petit « ding » de la clochette placée juste au-dessus. Le salon était calme, bien loin de l'agitation des samedis après-midi, seul créneau dont je disposais d'habitude pour mes rendez-vous.

Depuis la mort de Jérôme, j'avais négocié avec mon employeur une période de travail à mon rythme, chez moi. L'idée de revenir à la vie en entreprise au retour des vacances était insupportable. L'odeur de la machine à café, les bavardages autour du distributeur de touillettes, le bruit de la photocopieuse, le bourrage papier. Je vivais désormais dans un monde où tous ces éléments n'avaient plus aucun sens et, pire, m'agressaient par leur banalité. Mon supérieur et le service des RH avaient été très accommodants, validant sans sourciller une décision certes peu commune. Je m'imposais de rendre le travail en temps et en heure, de ne pas abuser non plus des traitements de faveur, car je ne savais pas combien de temps j'allais en avoir besoin. Autant les économiser. Je travaillais donc mes dossiers, je lisais tous les mails, y répondais, mais dans un cadre différent d'avant, qui me permettait de voir mon fils beaucoup plus et d'aller chez le coiffeur quand personne n'y était.

La petite cloche avait fini de tinter. Une jeune femme, derrière son comptoir, les cheveux aux épaules, raie au milieu, la moitié droite blond platine la gauche noir corbeau, me dit bonjour, puis me lança un grand sourire sans les dents. C'était exactement le genre de sourire un peu compatissant que m'adressaient les gens *qui savaient.*

Je répondis par un petit rictus de lèvres pincées qui voulait dire merci ou quelque chose comme ça, puis demandai :

« Bonjour, est-ce que Patrick aurait de la place pour une coupe ? »

« Maintenant ? »

« Maintenant. »

Elle tendit l'index pour me signifier d'attendre quelques instants et disparut derrière une porte sur laquelle une petite plaque « Entrée des artistes » avait été clouée. À peine eus-je le temps de regarder l'heure sur l'écran de mon téléphone et le nombre de messages ou d'appels manqués (deux de Colette, un de Suzanne et un message écrit, et un message vocal de Jeannine qui datait de la veille et que je n'avais toujours pas écouté) que la jeune femme aux cheveux bi-goût était de nouveau devant moi.

« Il arrive, je vous invite à passer au bac en attendant ? Je vais prendre votre veste et votre sac si vous voulez ? »

Puis, alors que je glissais mes bras dans le peignoir en espèce de satin qui n'en était sûrement pas, elle ajouta :

« Vous voulez un verre d'eau, peut-être ? »

*

Le temps du shampoing fut calme. En dehors de la traditionnelle question : « Ça va la température ? » à laquelle je répondais toujours : « Parfait », à moins de me faire ébouillanter le cuir chevelu.

« On coupe comment aujourd'hui ? » demanda Patrick en me regardant dans le reflet du miroir et en peignant les cheveux près de ma nuque. La main pliée en angle droit par rapport à mon avant-bras, je fis un petit mouvement balayé près des épaules.

« Pas trop, on refait une coupe surtout. »

Lui aussi fermait les yeux pour dire oui. Il se lança, toujours en silence. On n'entendait que les petits « tic-tic-tic » des ciseaux qui s'agitaient tout autour de ma tête. Je voyais tous ces cheveux tomber sur le sol. Des larmes coulaient tout doucement vers mon nez. On les devinait à peine. Je fis semblant de me le gratter pour les faire disparaître derrière mes doigts.

Jérôme avait effleuré, caressé, respiré ces cheveux qui désormais jonchaient le sol avant de finir à la poubelle. De minuscules particules de lui se trouvaient sur ces cheveux-là et moi j'avais décidé sur un coup de tête de m'en séparer, et soudain je ne savais plus pourquoi. Pourquoi je voulais me séparer de quoi que ce soit, d'ailleurs.

En se rapprochant des mèches qui encadraient mon visage, des petits paquets de cheveux glissaient sur le dos de mes mains et mes doigts emmêlés les uns dans les autres. D'un mouvement du poignet, j'attrapais des petits tas et en faisais une sorte de pelote au creux de ma paume. On aurait dit le travail d'un oiseau, qui, petit bout de brindille par petit bout de brindille, finit par fabriquer un nid. Au bout de plusieurs minutes, j'avais dans les mains ce qui de loin aurait pu passer pour un petit mulot endormi.

« Patrick, vous auriez une enveloppe ? » dis-je en montrant mon mulot en cheveux coupés. Il posa ses ciseaux sur le petit guéridon près du miroir où attendait patiemment un sèche-cheveux et alla demander à la jeune femme aux cheveux bi-goût.

« Et un stylo aussi, Patrick, si vous avez. »

Il me tendit le tout en reprenant ses ciseaux et sa coupe. Je glissai le petit mulot de cheveux dans l'enveloppe, retirai l'espèce de languette en papier ciré et la refermai hermétiquement. Sur l'endroit je notai simplement la date, en toutes lettres, car je savais qu'elle était désormais importante.

Vendredi sept septembre deux mille dix-huit.

En sortant du salon de coiffure, j'ai envoyé un message, le même, à Suzanne et Colette :

« J'ai coupé mes cheveux. Je garde le bébé. Je vous embrasse fort. »

Avant même que j'aie eu le temps d'écouter ce que Jeannine voulait me dire depuis la veille, une réponse, la même, provenant du téléphone de mes amies :

« On sera là, Juliette. D'ailleurs, pour commencer on sera en bas de chez toi dans vingt minutes. »

*

Les ombres étirées des objets dans ma chambre trahissaient la fin de la journée. La temporalité d'un jour d'accouchement est quelque chose d'assez étrange à expliquer à quelqu'un qui n'aurait jamais vécu l'expérience. Je suis arrivée tranquillement à la maternité dans la matinée, après avoir déposé Joseph à l'école en lui expliquant que maman avait senti ce matin que la petite sœur voulait sortir et que c'était certainement papy Jean et mamie Jeannine qui viendraient le chercher le soir. Ils étaient arrivés quelques jours plus tôt, la date de mon terme et les vacances scolaires approchant. Joseph n'avait pas l'air traumatisé, et à l'inverse plutôt enthousiaste à l'idée de manger des crêpes fromage-jambon devant des dessins animés à volonté, organisation classique des moments où il était gardé par les parents de Jérôme.

En effet, en sortant de ma douche, j'ai remarqué en me séchant qu'un liquide continuait de couler tout doucement le long d'une de mes cuisses, m'indiquant une fissure de la poche des eaux. Monique m'avait expliqué quelques semaines plus tôt que si ce cas de figure se présentait, j'avais environ deux heures devant moi pour aller à l'hôpital. Ma valise était prête depuis longtemps, mais mon gros ventre ne me permettait pas de la faire rouler jusqu'à l'école en tenant de l'autre main Joseph pour ensuite m'y rendre. J'avais donc convenu avec Suzanne qu'elle s'occuperait de me déposer ma valise, une fois l'alerte donnée, si celle-ci tombait en semaine. Je lui envoyai un message sur le chemin de l'école.

« Je dépose Jojo et je file à l'hôpital. Poche des eaux visiblement fissurée, ça se précise ! Je t'envoie les infos quand j'y suis. » À peine arrivée dans le service, Monique confirma qu'effectivement le travail avait commencé mais qu'il fallait se préparer à faire preuve de patience, car le col était à peine ouvert. Ne voulant pas m'imposer des allers-retours inutiles dans Paris, elle décida de me garder sur un brancard dans une salle au calme en attendant que les choses progressent et me permettent ainsi d'être officiellement admise et d'intégrer une chambre. J'en profitais pour tenir Suzanne informée et lui conseiller de venir tranquillement dans l'après-midi. J'appelais aussi Jeannine pour la prévenir qu'ils pouvaient prendre le relais avec Joseph et que je les informerais au fur et à mesure de la progression des choses.

Monique me conseilla de me reposer un peu si j'en étais capable : elle misait sur une naissance dans la nuit.

J'ai réussi à dormir jusqu'à 16 h 30 environ, puis un tiraillement sur le côté gauche, en bas de mon ventre, m'a sortie du sommeil avec énergie. Le temps de me souvenir de l'endroit où j'étais, je regardais mon téléphone pour constater que la journée avait un peu avancé et que Suzanne était en route vers l'hôpital. Monique passa la tête dans la salle où je me trouvais, vit que j'étais réveillée et me demanda comment j'allais.

« J'ai l'impression qu'il se passe des choses, là, mais c'est vous la pro, Monique. »

Après un rapide examen, elle confirma ce que je ressentais et organisa mon installation dans la chambre 415.

Le travail avait officiellement commencé.

Suzanne m'a rejointe vers 17 heures avec ma valise et un autre petit sac rempli de cadeaux à ouvrir une fois le bébé là. Nous nous sommes serrées dans les bras longuement, puis elle m'a embrassée sur le front en me disant :

« Si tu changes d'avis, je peux revenir en moins de vingt minutes. Et sinon, on se voit demain. »

Ces dernières semaines, après une longue hésitation, j'avais décidé d'accoucher seule. Je trouvais trop douloureux d'imaginer qui que ce soit à mes côtés à la place de Jérôme. Et puis je savais que Monique serait là, donc que je ne serais pas complètement livrée à moi-même.

Après le départ de Suzanne, deux infirmières sont entrées dans la chambre. Perfusion, tension, monitoring, en quelques minutes j'étais installée, prête à attendre tout doucement que ma fille décide de sortir, à apprivoiser peu à peu la douleur, aussi. Puis la sage-femme me conseillant de marcher a fait son passage, étonnée. Certes je savais que ça allait être dur, mais je voulais tout sentir, ne rien laisser de côté. Comme elle, ma mère avait trouvé l'idée étrange, et, essayant de lever les yeux au ciel de la façon la moins visible possible, elle avait simplement commenté d'un : « Faut pas que ça ressemble à une punition non plus, Juliette. »

Moi je voyais plutôt ça comme un défi, qui prolongerait l'autre défi qu'était devenue ma vie depuis le 15 juillet. Je me savais assez forte, je voulais vivre une naissance différente de la première. Monique m'avait donné tous les conseils et recommandations possibles. J'ai même suivi des cours de yoga prénatal, cette fois-ci avec assiduité. J'ai appris à faire de mon corps un allié, de ma respiration une arme. J'ai, des soirées durant, parlé à ma petite fille à travers la peau de mon ventre. Je lui ai expliqué, soir après soir, que je l'attendais impatiemment, qu'elle allait aussi devoir m'aider pendant sa naissance, et que je l'embrasserais fort une fois qu'elle serait posée sur mon ventre. Monique m'avait rassurée en me faisant confiance tout le long de cette préparation et en m'expliquant que, de toute façon, je pourrais changer d'avis jusqu'à un certain point de travail et de douleur. Une sorte de filet de sécurité pour l'arrivée de cette enfant.

Une bonne heure était passée depuis mon installation dans la chambre 415. J'étais en train de faire quelques exercices de respiration quand ma sage-femme toqua à la porte. Avec son regard doux, elle entra dans la pièce comme si elle me rendait une visite de courtoisie, prenant le temps de discuter.

« Alors la douleur, ça va pour l'instant ? »

Je fis signe que oui, dans un sourire un peu fier.

« Aucun problème. Votre collègue m'a regardée comme une extraterrestre tout à l'heure. Visiblement, elle ne sait pas qu'avec moi les naissances sont… »

Monique termina ma phrase :

« … inoubliables ! »

À cet instant elle m'a pris la main et nous avons toutes les deux pensé au soir de la venue au monde de Joseph. Un court silence, chargé de beaucoup trop d'émotions, envahit la pièce. Je décidai de l'interrompre efficacement, pour n'envoyer que des ondes positives à ma petite fille.

« Mais vous avez remarqué, Monique, il est quasiment 18 heures, et toujours rien à signaler ! »

Monique gloussa. Les bonnes ondes étaient de retour dans la chambre. Son regard glissa vers ma valise ouverte d'où dépassait le dauphin à paillettes de Joseph. Dans un sourire, elle demanda :

« Laissez-moi deviner, c'est le cadeau du grand frère ? »

Le visage faussement accablé, je répondis oui en secouant longuement la tête. Amusée, Monique ajouta :

« Bon bah faut se dire que c'est sa façon d'exprimer qu'il est heureux de cette naissance ! »

« Vous êtes une optimiste, Monique, mais c'est vrai qu'il a fait du chemin sur la question. »

*

Pour l'échographie du deuxième trimestre, Monique m'avait proposé de venir un samedi matin à l'hôpital. Elle évitait les consultations non urgentes le week-end, mais elle savait à quel point cet examen avait son importance pour moi. Dans la salle d'attente, j'avais décidé de m'installer sur la chaise juste au-dessous du poster, histoire de ne pas avoir à le contempler pendant de longues minutes. Sous mon pull et mon manteau entrouvert, on devinait à peine mon ventre. Enceinte de près de vingt semaines, je n'avais toujours pas réussi à annoncer la nouvelle à mon petit garçon et ma garde-robe s'était adaptée à cette décision. En attendant l'heure du rendez-vous, je me demandais pourquoi j'avais laissé tellement traîner. Dans les premiers jours après avoir décidé de poursuivre ma grossesse, il avait d'abord fallu que j'intègre moi-même l'information, que je prenne le temps d'organiser les choses. Et puis Joseph commençait juste l'école, avec tout le chambardement que cela impliquait déjà pour lui. Les réveils paniqués au milieu de la nuit étaient encore monnaie courante. Je ne voyais pas trop comment lui ajouter en plus de tout ça une annonce aussi déstabilisante que : « Ah, au fait Jojo, tu vas rire, papa est mort mais maman est quand même enceinte. Donc t'as plus ton père, mais tu vas devoir partager ta chambre, OK ? »

En discutant avec la mère de Suzanne sur le rapport à la temporalité des enfants de cet âge-là, nous nous étions dit que lui annoncer trop tôt ne servirait de toute façon à rien, neuf mois étant une période difficilement représentable pour lui. Le risque aurait été que chaque matin en partant pour l'école il demande si le bébé serait là le soir en rentrant. J'ai donc attendu. Et puis la préparation de son troisième anniversaire est vite arrivée dans son esprit et le mien. Là encore, il était compliqué de venir y mêler l'arrivée de ce bébé. Cet automne aux allures d'hiver me permettait de mettre des gros pulls, complices idéaux pour dissimuler un ventre qui dès octobre avait commencé à s'arrondir. Quelques jours avant son anniversaire, en discutant avec Colette et Suzanne, j'ai décidé d'annoncer la nouvelle à Joseph le jour de la deuxième échographie, quand je pourrais lui dire si c'était un petit frère ou une petite sœur qui allait débarquer dans sa vie. J'appréhendais sa réaction, j'avais peur des questions sans filtre dont il était spécialiste. Je me rappelle encore son petit air concentré sur la plage en Bretagne, deux galets dans ses deux petites mains, prêt à les poser dans le seau Spider-Man que je lui avais acheté pour nos récoltes. Et soudain, cette question, sortie de nulle part :

« Mais du coup maman, vu que t'as plus de mari, tu vas devoir en trouver un autre ? »

*

Mon rendez-vous était à 11 h 30, j'étais arrivée en avance et patientais en terminant de siroter le demi-litre d'eau que Monique m'avait demandé de boire avant l'examen. Une histoire de vessie pleine et d'ondes qui se propagent correctement. Une énorme envie de pisser surtout, qui vous permet de vous concentrer sur autre chose avant que ça commence. Monique a passé sa tête dans la salle d'attente, et dans un sourire a repris son habitude des questions étranges :

« Prête ? »

Allongée sur la table d'examen, le petit drap de papier crissant sous mon dos, je remontai mon pull et mon T-shirt sous ma poitrine d'une main et descendis l'espèce de bande élastique bleu marine de mon jean pour femme enceinte de l'autre. Le gel que Monique appliqua sous mon nombril me parut plus froid qu'en septembre. Peut-être étais-je seulement moins engourdie, moins écrasée par les émotions que ce jour-là. L'écran était maintenant tourné de façon à nous permettre à toutes les deux de voir ce qu'il se passait à l'image.

« On garde le sexe pour la fin Juliette, ça vous va ? Comme ça on fait l'examen sans penser à autre chose ? »

Je hochai du menton pour acquiescer. Monique commença.

« Bon, alors bonne nouvelle, on a toujours deux pieds, deux jambes, et six, sept, huit, oui, dix orteils ! »

« Youpi. »

« Et dix doigts, bien répartis sur deux mains. »

Je levai les deux pouces.

Puis Monique prit un tas de mesures en cliquant sur des parties du fémur, de l'avant-bras, du haut de la tête à la nuque. Pendant ce temps, je regardais le joli profil de mon futur enfant. Sa bouche bougeait, on aurait dit qu'il parlait.

« Il fait quoi avec sa bouche, là ? »

Monique plissa les yeux sur l'écran et sourit :

« Visiblement c'est déjà l'heure du déjeuner pour ce bébé… il tète ! »

Joseph était moins glouton, ou alors les échographies n'avaient jamais eu lieu pendant ces moments-là, car c'était un spectacle auquel j'assistais pour la première fois.

« Ah OK… J'ai cru qu'il parlait… C'est bête, hein ? »

Elle tourna la tête du moniteur vers mon visage. Et dans son sourire le plus tendre répondit :

« Et qu'est-ce que vous auriez envie qu'il vous dise ce bébé, ma chère Juliette ? »

Elle glissa la sonde vers mon nombril, avec de petits mouvements balayés qui laissaient à penser qu'elle était à la recherche de quelque chose.

« Alors, regardons ce petit cœur maintenant… »

De son autre main, elle appuya sur un bouton de la machine d'échographie, et d'un coup la pièce fut envahie d'un « poum poum poum poum ». Le plus beau bruit du monde.

« Impeccable, ça circule comme il faut, les artères sont en place, les ventricules font leur boulot. »

Je repensai à mon discours au cimetière. À cette phrase sur nos deux cœurs, à Joseph et à moi, qui prenaient le relais de celui de Jérôme. Pour les vacances de Noël, il était prévu que nous descendions avec mon fils chez Jean et Jeannine autour du 26. J'avais déjà prévu de passer au cimetière pour annoncer la nouvelle à Jérôme. Je pourrais lui dire que nous étions trois cœurs, finalement.

Je devais avoir l'air un peu perdue dans mes pensées, car Monique se racla la gorge pour attirer mon attention.

« Juliette, on regarde ? »

Je pris une grande inspiration et dans un souffle je répondis :

« On regarde. »

*

Elle fit glisser la sonde sur la gauche de mon ventre, presque à l'endroit où l'os du bassin est un peu saillant. Elle plissa de nouveau les yeux en faisant claquer plusieurs fois sa langue contre son palais.

« Ah ! Trouvé ! »

Elle appuya sur une touche du clavier pour figer l'image et fit pivoter le moniteur pour qu'il soit le plus aligné possible avec mon visage. Je plissai moi aussi les yeux mais je n'étais pas très sûre de ce que je voyais sur l'écran. Des masses plus ou moins foncées étaient imbriquées les unes dans les autres.

« Vous voyez quoi, là, Juliette ? »

En reprenant une respiration, plus courte celle-là, je tentai :

« Mmmmmmh… bah je vous avoue que je ne vois pas grand-chose, là… »

Elle éclata de rire et rétorqua : « Bonne réponse, Juliette ! »

Puis, comprenant que je ne comprenais toujours pas :

« Il n'y a rien à voir en effet, ou plutôt pas de zizi … C'est une fille. »

Elle posa un instant la sonde sur le drap en papier pour prendre ma main et la serrer.

« C'est une fille ? » répétai-je.

« Jérôme voulait une petite fille », dis-je en fixant l'écran sur lequel je ne voyais toujours rien, les yeux brouillés.

« Elle est là, vous voyez. »

Puis, en déposant un baiser et quelques larmes sur le dos de ma main, elle ajouta :

« Et lui aussi, il est là. »

*

En sortant j'ai appelé Suzanne qui déjeunait avec Colette près de l'hôpital. Elles n'avaient pas dit « On sera là » de façon légère, elles avaient vraiment été présentes autant que nécessaire ces dernières semaines.

« Je vous rejoins, le suspense va durer encore quelques minutes ! »

Je raccrochai, amusée, entendant, sortant du combiné, leurs voix protester de façon théâtrale contre cette attente prolongée. J'envoyai un message à Jeannine pour lui dire que tout s'était bien passé et que je serais rentrée d'ici à 15 heures pour l'annonce. Puis j'appelai mes parents avant de rejoindre mes amies dans un petit restaurant calme près du boulevard Saint-Marcel. Nous nous sommes tombées dans les bras et nous avons mangé de bonnes choses. Puis nous avons marché, bras dessus bras dessous, tranquillement, vers mon quartier. Nous ne nous sommes même pas rendu compte de l'agitation et de la nervosité qui régnaient dans Paris sur notre chemin. Ni les sirènes ni les nombreuses voitures de pompiers ou de police n'ont éveillé une vigilance chez nous. Nous ne pensions qu'à cette petite fille qui viendrait s'inviter dans nos vies en avril, à cette prophétie de Jérôme, à cette vie qui revenait.

Arrivées en bas de la maison, nous nous sommes de nouveau serrées dans les bras. Colette a posé une main sur mon ventre et de l'autre a fait un « V » avec ses doigts en disant « girl power » puis en éclatant de rire tant ce geste la faisait ressembler à une Spice Girl refoulée au casting. Suzanne m'a proposé de passer un peu plus tard, ce que j'ai accepté.

Je montai à pied les trois étages qui menaient à notre appartement en pensant à la famille qui était en train de se construire, malgré les événements, malgré les drames, et presque malgré nous. À peine la clef glissée dans la serrure, j'entendis les petits pas de Joseph se diriger vers la porte. « Mamaaaaaaan ! »

On aurait pu penser que j'étais partie trois semaines et pas trois heures tant il semblait heureux de me revoir. Je me demandais souvent si mon petit garçon avait parfois l'angoisse que sa maman non plus ne revienne pas, et si cela transformait chacun de mes retours à l'appartement en soulagement déguisé en enthousiasme. Je le pris dans mes bras avant même d'avoir pu enlever mon manteau ou mon sac et lui collai un énorme bisou mouillé dans le creux du cou. Il adorait ça et l'exprima dans un éclat de rire. On appelait ça « les bisous qui pètent ». Je l'ai ensuite reposé au sol en lui demandant s'il avait fait une petite sieste, tout en enlevant mon manteau. Dans le salon, je trouvai Jean et Jeannine heureux de mon retour, mais le visage un peu accablé par les images qui défilaient devant eux sur l'écran de la télévision. En ce samedi de manifestation, une des chaînes d'infos diffusait, presque sans commentaires, des images de destruction désolantes tout autour de la place de l'Étoile, que rien ne semblait pouvoir arrêter.

« Si c'est pas malheureux comme spectacle… », commentait Jeannine.

« Et si tu crois que c'est pas avec nos impôts qu'ils vont tout réparer ensuite… ! » lui répondait Jean.

Cette ambiance de café du commerce et la violence de la destruction que je ne supportais plus depuis des mois me transformèrent d'un coup en un être momentanément autoritaire.

« Allez zou, on éteint ! » dis-je en appuyant sur le bouton central de la télécommande que j'avais saisie sur l'accoudoir du canapé, sans leur laisser la moindre possibilité de négociation. Nous avons ainsi raté les images de la destruction de la partie intérieure de l'Arc de Triomphe en ce 1er décembre.

Je fixai Jeannine, pour lui signifier du regard que des choses plus importantes se préparaient. Puis j'appelai Joseph, déjà reparti dans sa chambre, d'une voix ferme mais plus douce que celle qui m'avait accompagnée dans l'extinction du poste de télévision.

Jean et Jeannine savaient que je revenais de l'échographie, ils savaient que j'allais annoncer la nouvelle à Joseph et qu'ils allaient, eux, découvrir si la chair de leur chair serait un petit garçon ou une petite fille. De toute façon, et Jeannine me l'avait assez exprimé ces dernières semaines, le simple fait de savoir qu'au creux de mon ventre grandissait l'enfant de Jérôme les remplissait d'une joie sur laquelle ils avaient du mal à mettre des mots.

*

« Jojo, tu viens sur le canapé avec nous ? »

Ses petits pas se rapprochèrent de sa chambre jusqu'au salon à vive allure. Je ne sais pas si les enfants de trois ans sont capables de se déplacer sans empressement. Pas le mien en tout cas.

Il arriva donc euphorique, comme un tout petit boulet de canon, sur le canapé où je l'attendais. Mes beaux-parents s'étaient placés chacun sur un accoudoir. Je me rendis compte à cet instant-là de l'effet miroir entre cette annonce et celle de la mort de son père et me dépêchai de lui dire, pour ne pas faire monter inutilement une angoisse en lui :

« Mon Jojo, maman voulait t'annoncer une bonne nouvelle aujourd'hui. »

Il prit un air à moitié étonné et à moitié joyeux. Qui se traduisit dans un gloussement :

« Oh mais c'est quoi dis donc ?!? »

Ses rires faisaient du bien. Ils éloignaient efficacement toutes les ressemblances entre ce moment-là et celui de la mi-juillet. Après un rapide échange de regards avec Jean et Jeannine, je soulevai mon pull et laissai apparaître mon ventre arrondi sous mon T-shirt. J'y posai la main en faisant de tout petits mouvements circulaires. D'une voix douce, en espérant qu'elle n'avait toutefois rien à voir avec celle qui lui avait dit ces choses si dures l'été dernier, je commentai mon geste :

« Tu vois, Jojo, dans le ventre de maman, il y a un petit bébé qui est en train de grandir. »

Joseph regarda mon ventre sans vraiment réagir, sentant que je n'avais pas fini ma phrase. Je poursuivis donc.

« Et ce matin, maman a appris que ce bébé allait être une petite sœur. »

Les yeux de Jean et Jeannine brillaient. Jeannine mit même ses mains devant sa bouche qui vibrait sous le coup de l'émotion. Jean, lui, frottait les siennes sur le velours un peu passé de son pantalon. Joseph n'avait toujours pas dit un mot, et fixait mon ventre.

Après de longues secondes de réflexion où sa petite moue le faisait tant ressembler à Jérôme, il finit par demander :

« Y a un bébé là ? »

Je hochai la tête en souriant.

« Oui mon Jojo. »

La moue était toujours là. Il restait une question :

« Mais c'est qui son papa au bébé ? »

Jean et Jeannine me regardèrent, amusés par cette interrogation de mon petit garçon. On oublie parfois à quel point la vision du monde est tout autre quand on a trois ans. Je pris la petite main de mon grand garçon dans la mienne en lui caressant les doigts avec mon pouce.

« C'est le même papa que le tien. Ta petite sœur est dans le ventre de maman depuis cet été et elle va naître au printemps. »

De nouveau, mon fils sembla plongé dans un abîme de perplexité, un peu perdu.

En effet, aucun livre de Petit Ours Brun n'abordait le cas de Papa Ours qui meurt mais fait juste avant un enfant à Maman Ourse. J'essayai d'éclairer mon fils sur les informations qu'il venait de recevoir.

« C'est un cadeau que papa a fait à maman et à toi avant de mourir. »

À cet instant, je me dis que j'aurais peut-être dû demander conseil à la mère de Suzanne, mais c'était un peu tard. Toujours dans sa moue, Joseph demanda :

« C'est un cadeau pour moi ? »

Je lui fis de nouveau oui de la tête. Les sourires de Jean et Jeannine commençaient à se crisper au fur et à mesure que la discussion s'étirait. Puis Joseph lâcha ma main d'un coup et s'enfuit vers sa chambre en hurlant, très mécontent :

« MAIS MOI JE VOULAIS UN PIKACHU !!! »

*

En regardant la peluche dauphin rose à paillettes, je songeais que mon petit garçon en avait fait du chemin en quelques mois. Sa colère à propos de Pikachu avait fait tellement rire tout le monde qu'il avait reçu pas moins de quatre peluches et trois figurines, toutes de tailles différentes, à l'effigie de la créature jaune. L'arrivée de sa petite sœur avait fini par lui faire plaisir, et le dauphin prouvait l'investissement affectif dont il était maintenant capable. Bien sûr, en quatre mois et demi, cela n'avait pas empêché, lors de colères ou de moments de fatigue, de l'entendre exprimer une jalousie, certes naturelle, avec des mots parfois terribles, mais dont il n'avait pas vraiment les codes pour mesurer l'effet. Je me souviens en particulier du jour où je lui avais demandé de commencer à faire un peu de place pour le futur berceau en rangeant et triant les jouets dans sa chambre. Il avait piqué une colère et, voyant que cela n'avait aucun effet sur ma détermination, il m'avait alors regardée droit dans les yeux :

« Pourquoi le bébé il est pas mort comme papa ? »

Plusieurs semaines après, et même si la mère de Suzanne m'avait rassurée sur ces mots surtout teintés d'angoisse, un frisson continuait de parcourir mon dos chaque fois que je repensais à cette scène. Je me redressai un peu dans mon lit en prenant soin de ne pas tirer sur la perfusion, afin de trouver une position qui me permettrait de mieux voir la peluche dauphin et de me concentrer là-dessus. Je repris quelques exercices de respiration en attrapant ma montre sur la tablette à roulettes sur laquelle on me poserait plus tard un plateau-repas. C'était la montre de Jérôme que je portais désormais au poignet. Je l'avais simplement fait mettre à ma taille en déplaçant de quelques millimètres le fermoir. Elle indiquait 19 h 45. Par la fenêtre on voyait s'installer cette lumière légèrement dorée que les photographes aiment tant. Il faut être au printemps ou en automne pour qu'elle soit encore plus spectaculaire. Je suivais la trotteuse, essayant de faire une respiration carrée, méthode que m'avait donnée ma professeure de yoga pour calmer les nerfs. Il fallait inspirer pendant cinq secondes, bloquer les poumons pleins sur la même durée, puis expirer sur cinq autres secondes et à nouveau bloquer pendant la même période. J'en étais à mon troisième cycle quand on toqua à la porte.

C'était Monique.

*

Tout en essayant de me redresser pour me remettre sur le dos, je lançai une petite plaisanterie sur le manque d'aisance avec lequel je me mouvais.

« Une semaine de plus, et j'étais bonne pour le Marineland d'Antibes je pense. »

Mais alors que Monique était d'habitude toujours très bon public, là elle ne réagit pas. En l'observant mieux, je constatai qu'elle s'était fermée depuis son dernier passage et la discussion autour de la peluche rose à paillettes. Son expression me serra l'estomac. Elle me rappelait celle de Jérôme, quelques heures après la naissance de Joseph, quand il était revenu dans ma chambre ayant appris entre-temps l'horreur de la soirée du 13 novembre. Quelque chose dans le visage de Monique était à la fois complètement sous tension et complètement relâché, déconfit.

Dans un mouvement vif malgré mon état, je me retrouvai assise sur le rebord du lit, face à elle. La voix grave, descendue dans les boyaux, je l'interrogeai :

« Vous me faites un peu peur, Monique, tout va bien ? »

Sans dire un mot, elle avança vers la télévision posée sur une sorte de bras vissé au mur qui me faisait face. Elle appuya sur le bouton d'alimentation, et, avant même que l'image apparaisse, j'entendis la voix d'un journaliste :

« Oui, tout à fait Jean-Marc, ces images sont absolument terribles, on peut voir sous certains angles les flammes littéralement s'attaquer à la structure même du toit. Je suis actuellement près du pont de Sully, et l'ampleur de la catastrophe est visible à l'œil nu. Le feu est en train de dévorer la célèbre flèche sous nos yeux… »

À cet instant précis, elle apparut sur l'écran, noyée dans les flammes. Et en direct, sur cette petite télévision de chambre d'hôpital, la flèche s'effondra comme les dernières bûches au fond d'une cheminée. Monique poussa un cri qu'elle étouffa de ses mains. Il avait suffi de quelques minutes pour que cette partie de la cathédrale Notre-Dame de Paris disparaisse à jamais, comme si elle n'avait jamais existé. Le feu se propageait, on voyait sur l'écran les lances des pompiers peiner à atteindre les premières flammes. De temps en temps, des plans de coupe sur la foule abasourdie, bloquée sur les ponts voisins. En bas de l'image, les bandeaux défilaient. Aucune victime n'était à déplorer, l'enquête n'écartait aucune piste. Le nombre de pompiers mobilisés, les réactions de personnalités politiques, du préfet de police, de la maire de Paris, du président de la République.

Hypnotisée par l'écran, j'oubliai un instant que j'étais en plein travail. Un coup de pied de ma fille me rappela à l'ordre. Et me fit l'aimer encore un peu plus. Je l'imaginais dans mon ventre en train de se dire : « Non mais oh, ça va les drames là, y'en a qui aimeraient bien naître, ET PEINARDS, hein. »

Je me rallongeai sur le lit et demandai à Monique d'éteindre la télévision. Elle s'exécuta puis retourna vers mon lit.

« Ma chère Juliette, je ne sais pas quoi dire, je suis vraiment désolée… »

« Vous savez, Monique, je crois que j'ai eu ma dose de destruction et de traumatisme pour cette année. Ça ne vous embête pas si on parle d'autre chose ? »

Les yeux de Monique brillaient plus que les miens. Je poursuivis.

« Finalement, peut-être que c'est le destin de mes enfants d'arriver les jours de catastrophe, pour nous rappeler que la vie continue malgré tout… »

Cette fois, nos yeux brillaient de la même façon. Nous nous sommes prises dans les bras et j'ai continué à essayer de respirer en carré.

*

Avril est née à 3 h 40, la nuit du 16 avril.

Monique me l'avait à peine posée sur le ventre que j'ai reconnu les grands yeux noirs de son père et de son frère. Je n'ai pas été surprise, j'étais sûre qu'elle prendrait ça de lui. Elle avait aussi de toutes petites boucles sur la tête, et ma bouche. Elle m'a regardée très calmement, très intensément aussi, créant une vive émotion chez toutes les personnes présentes dans la salle, à commencer par Monique qui laissait échapper un drôle de bruit. Une sorte de sanglot de joie. Cela produisait un peu le même son que celui qui se diffuse au milieu d'un groupe de phoques prenant le soleil sur les plages de la mer Baltique. Je lui avais demandé de couper le cordon, ce qui amplifia sa résonance. Après quelques minutes de présentation, elle emporta Avril pour lui prodiguer les premiers soins et lui passer le petit pyjama taille naissance que j'avais glissé dans ma valise de maternité. C'était l'un des deux pyjamas qu'on avait achetés pour celle de Joseph avec Jérôme. Quelques heures avant l'accouchement, il l'avait finalement trouvé un peu trop féminin, alors qu'il était moutarde, couleur sexuellement neutre avais-je défendu, mais sans réelle envie de débattre. C'est le gris perle à fines rayures qui l'avait emporté. Nous ne le savions pas encore, mais vu le contexte de la naissance de notre fils, on aurait pu le rouler dans une peau de bête que personne ne l'aurait remarqué. Ce pyjama moutarde, pour autant, je n'avais pas réussi à le laisser repartir dans les sacs de vêtements pour copines parturientes. Il faisait partie de la petite sélection que je gardais dans une boîte hermétique au fond d'un placard. Parce que c'était un vêtement qu'on avait choisi ensemble, parce que j'avais aussi l'envie d'offrir un jour une petite fille à Jérôme.

Et puis la vie s'est déroulée comme je ne le pensais pas, mais Avril, presque un an après la mort de son papa, passait ses premières heures dans une tenue qu'il avait choisie.

Tout comme ce petit pyjama, le choix de son prénom s'est imposé naturellement. Je savais que Jean et Jeannine comprendraient mon envie de couper à la tradition des prénoms en J. Qu'il fallait du neuf, de nouvelles habitudes. L'appeler Justine, Johanna ou Judith, ç'aurait été rappeler qu'il nous manquait de toute façon un J.

Avril, c'est le printemps, les bourgeons qui s'ouvrent et les abeilles qui butinent. C'est l'air qui se radoucit, les jours qui commencent à grignoter sur les nuits.

Et puis ce sont ces paroles, cette chanson, ce soir de 14-Juillet, dans les bras de Jérôme.

*

Suzanne et Colette sont arrivées vers 13 heures et ont tout de suite dit que j'avais bonne mine. Avril était un bébé parfait qui avait immédiatement compris comment bien téter sans s'énerver et de combien d'heures de sommeil minimum sa mère avait besoin pour avoir une apparence humaine. Monique était passée vers 7 heures, juste avant de finir sa garde, pour nous embrasser toutes les deux. Puis, ma fille dans son petit berceau de Plexiglas et moi dans mon lit à télécommande, nous avions dormi jusqu'à midi, heure où une infirmière était venue m'apporter un plateau-repas et vérifier la température d'Avril. Autant dire que j'avais presque eu une nuit normale, en tout cas une qui me rappelait celles que je pouvais faire quand j'avais vingt-deux ans et rentrais de soirée au petit matin, un bout de croissant à la main avant de me jeter dans mon lit tout habillée pour dormir jusqu'à l'heure du déjeuner.

La petite agitation autour d'Avril provoquée par l'arrivée du plateau-repas l'avait réveillée et je la remis au sein, tout en grignotant du bout des dents ce qui était, si l'on en croyait l'étiquette sur la barquette, une tranche de jambon et de la purée. C'était le premier repas que je partageais avec ma fille. J'ouvris le yaourt aromatisé à la fraise pour fêter ça. L'infirmière nous souhaita bon appétit avant de partir sur la pointe des pieds.

*

Suzanne a tout de suite remarqué les yeux noirs de ma fille alors qu'elle les ouvrait brièvement pendant que je changeais sa couche. Un « Oh ! » s'est même échappé de sa bouche, faisant sursauter Avril. Mon amie se couvrit le visage des mains en riant, bientôt suivie par Colette. Elles étaient arrivées avec les bras si chargés que je me demandais comment j'allais pouvoir rentrer chez moi sans louer un minibus. Cette petite fille n'avait pas douze heures de vie qu'elle avait déjà reçu assez d'amour pour tenir jusqu'à sa rentrée au lycée. Colette me demanda si Avril avait d'autres prénoms, comme l'usage le permettait. Joseph d'ailleurs s'appelait Joseph Jean Bernard, ce qui avait beaucoup fait rire mes amies à l'époque, lesquelles des mois durant l'avaient appelé « Jeanber ». On ne choisit pas toujours le nom de ses grands-pères. Pour Avril, logiquement, j'aurais dû l'appeler Avril Jeannine Isabelle, mais là encore, j'avais eu envie, et même besoin, de changement. Et de créer un petit effet de surprise.

« Oui, même quatre, un de plus que Jojo. »

« Vas-y balance, je sens qu'on va se marrer », a dit Colette.

Reprenant ma fille dans les bras, contre moi, et ne la quittant pas des yeux, j'énonçai, dans un sourire :

« Mesdames, je vous présente officiellement Avril Suzanne Colette Monique. »

Je retrouvai instantanément le bruit de phoque entendu plus tôt en salle de travail. J'en conclus que ma surprise était réussie. Suzanne, la morve lui coulant un peu du nez, réussit tout de même à articuler une phrase qui me fit tant rire qu'Avril sursauta de nouveau :

« Monique, c'est chaud quand même. »

Une aide-soignante toqua à la porte à ce moment-là. Amusée de nous trouver entre rires et larmes, elle s'excusa de nous déranger pour venir récupérer ce qu'il restait de mon déjeuner, c'est-à-dire l'ensemble, moins le yaourt. Par la porte laissée un instant entrouverte, on entendait une discussion à voix qu'on devinait empreintes d'une certaine gravité.

« Il paraît que l'incendie n'est pas tout à fait éteint et que le risque d'effondrement est encore très important. On ne saura vraiment si elle est sauvée que dans plusieurs jours. »

Une autre voix répondait.

« Et tu as vu tous ces vitraux qui ont fondu ! Tu imagines tout ce plomb dans l'air… C'est terrible. »

Je levai les yeux vers Colette, placée le plus près de la porte. Elle s'empressa de la refermer sur le passage de la dame et de son chariot récupérant les plateaux. Plus aucune mention de l'incendie ne viendrait perturber la rencontre d'Avril et de mes amies. Seulement les gazouillis et autres gargouillis de ma petite fille.

*

Suzanne et Colette sont restées jusqu'à l'arrivée de Joseph et des parents de Jérôme. J'avais demandé aux miens de ne venir qu'en fin d'après-midi, redoutant la première soirée seule, et je les inondais de photos pour les faire patienter. Nous étions toutes les trois installées sur le lit, ou plutôt toutes les quatre, Avril posée sur mes jambes repliées, assise comme un petit bouddha ratatiné, et dans cette position, on n'avait aucun mal à se dire que vingt-quatre heures plus tôt elle tenait dans mon ventre. Ventre qui était d'ailleurs encore tout plein de cette grossesse et n'avait pas crié son vide, contrairement au soir de la naissance de Joseph. Alors que j'étais en train de commenter cette différence avec mes amies, j'ai entendu la petite voix de mon fils résonner derrière la porte :

« C'est la chambre de maman là, hein, t'es sûre ? »

Il parlait à sa grand-mère, sans avoir bien compris que, dans les maternités, même si tous les bébés crient, les autres personnes essaient de ne pas faire trop de bruit. On toqua, puis Jeannine entra la première, tenant une main de mon petit garçon tandis que Jean avait l'autre dans la sienne. Eux aussi avaient apporté un grand sac en papier rempli presque à ras bord. La perspective du minibus se concrétisait de plus en plus. Mes amies se levèrent pour saluer mes beaux-parents et laisser le plus de place possible à mon petit garçon pour la rencontre avec sa sœur. Je me rassis sur le bord du lit, Avril désormais calée dans le creux de mon bras gauche. Joseph s'avança tout doucement, l'expression sur son visage oscillait à chaque pas entre hilarité et une légère suspicion. J'avais demandé à Jean et Jeannine de ne pas lui révéler le prénom de sa sœur, pour que je puisse m'en charger et voir ses yeux à cet instant-là. Joseph était à présent près de nous, ses deux petites mains posées sur ma cuisse droite comme si elle avait été un cordon de sécurité dans un musée, une limite à ne pas franchir sous peine de poursuites. Le bébé émettait des petits bruits de bébé qui laissaient Joseph visiblement encore plus perplexe. Je posai ma main restée libre sur ses cheveux, tendrement.

Il me semblait d'un coup tellement grand, mon petit garçon.

Suzanne et Colette immortalisaient la scène, l'une en filmant, l'autre en nous mitraillant avec son téléphone sous tous les angles possibles.

J'embrassai le front de mon fils.

« Mon Jojo, je te présente ta petite sœur. Elle s'appelle Avril. »

Joseph fit des yeux ronds comme des billes, puis renversa la tête en arrière en riant. Sa sœur sursauta, elle devait commencer à en avoir l'habitude.

En reprenant son souffle et en posant sa main sur mon épaule, comme si c'était lui l'adulte et moi l'enfant, il gloussa :

« Mais maman, c'est comme si tu m'avais appelé Novembre ! »

Nous avons alors tous éclaté de rire, amusés mais aussi épatés par l'humour dont pouvait faire preuve ce petit garçon de presque trois ans et demi.

Essuyant au coin interne de mon œil une larme faite de beaucoup de choses, je lui répondis :

« Mais non, Jojo, Avril c'est un vrai prénom, pas Novembre. Bon, mais est-ce que ça te plaît ? »

Joseph prit un instant puis demanda :

« Et Mars, c'est un prénom ou pas ? »

Je lui embrassai à nouveau le front, Suzanne continuait de tout filmer et Colette de prendre ses dizaines de photos. Jean et Jeannine s'étaient un peu rapprochés du lit et de leur petite-fille.

Eux aussi commençaient à prendre des clichés d'elle sous toutes les coutures.

« Non, Mars, je ne crois pas, mais je vérifierai, Jojo. »

Puis, roulant mon bras le long de son petit corps je redemandai :

« Bon, mais est-ce que ça te plaît comme prénom ? »

Il prit un air étonné et, en commençant à caresser le bout du bas du pyjama moutarde de sa sœur, il dit :

« Bah oui ! Et elle, elle a aimé mon dauphin ? »

*

Colette et Suzanne sont reparties en emportant avec elles plusieurs paquets pour me faciliter le retour à la maison prévu pour le lendemain après-midi. L'accouchement s'était très bien passé, ma fille mangeait bien, il n'y avait aucune raison de nous garder plus longtemps que ça loin de chez nous. Jeannine et Jean continuaient à prendre des photos du bébé, de nous trois. Nous nous étions installés en brochette sur le lit, Joseph à ma droite, Avril toujours lovée dans le pli de mon bras gauche. J'avais approché la petite table à roulettes des repas pour que mon fils puisse jouer avec le Playmobil chevalier que sa petite sœur lui avait offert, et que j'avais pensé à glisser dans la valise de maternité. Un autre cadeau l'attendait, son cadeau officiel de grand frère, un vélo flambant neuf. Mes parents et ceux de Jérôme avaient insisté pour participer, me permettant d'en choisir un que je trouvais joli. Vu qu'il traînerait dans l'entrée, autant éviter l'objet trop moche, autant donc choisir sans Joseph. Le vélo était bleu glacier, les roues couleur craie. Un joli petit panier devant le guidon lui permettrait d'emporter trois pommes ou un doudou en balade. Pour l'instant, des petites roues étaient fixées à l'arrière, mais Joseph apprenait vite et je ne doutais pas qu'elles seraient bientôt enlevées. Suzanne était chargée de le cacher chez elle depuis son achat deux semaines plus tôt et de l'apporter lors de mon retour à l'appartement.

Avril faisait toujours ces petits bruits si typiques des bébés juste nés. Des sortes de petits grincements qui s'estompent très vite, en quelques jours tout au plus. Je sentais Jean ému de découvrir sa petite-fille, mais en retrait aussi. Il était toujours debout, sa veste encore sur les épaules. Il semblait un peu perdu. Je décidai de le guider dans cette rencontre.

« Jean, ça vous dit de la prendre un peu ? »

Les émotions arrivèrent toutes en même temps sur son visage, lui provoquant une curieuse grimace. Il parvint à sortir un son qui ressemblait à un oui.

« Alors enlevez votre veste déjà et posez-vous dans le fauteuil là-bas, je vous l'amène. »

En ôtant l'espèce de parka légère qu'il avait sur les épaules, Jean fit tomber un journal qui se trouvait dans la poche intérieure. Dans sa chute il se déplia, affichant ainsi la une sur le sol de ma chambre. On y voyait une photo pleine page de la cathédrale en feu. Le cliché était pris au moment où la flèche était en train de s'effondrer sur elle-même. La légende, en lettres noires épaisses, disait « Notre Drame ».

Il n'était plus possible de faire comme si cet incendie n'avait pas eu lieu, comme si le monde s'était arrêté depuis la naissance d'Avril. Le monde venait de ressurgir sur le sol en linoléum de ma chambre de maternité. Il fallait faire avec.

Jean semblait gêné, Jeannine aussi. Elle se décida vite à dire quelque chose, car elle avait toujours horreur des silences lourds. Elle préférait évacuer le malaise, histoire de passer à autre chose.

« Heureusement qu'il y a la petite, hein, parce que c'est vrai, cet incendie, quel drame quand même. »

Le mot « drame » me crispait. Personne n'était mort, et désormais, dans mon esprit, un drame c'était pour parler de la mort. Pas d'un monument, si beau et symbolique fût-il. Du gâchis, oui. Un drame, non. N'en déplaise à la une de *Libération.*

Jean ramassa le journal qu'il roula et plia en même temps, comme s'il avait voulu le faire disparaître. Il acquiesça aux mots de sa femme en les répétant mécaniquement.

« Oui, oui, quel drame quand même. »

Allongée sur mon lit, un enfant sous chacun de mes bras, je leur répondis, les yeux noyés dans les yeux noirs d'Avril :

« On reconstruira. On reconstruit toujours. »

REMERCIEMENTS

Merci à Françoise Delivet et Juliette Duchemin pour leur soutien et leur amitié, indispensables outils dans cette aventure riche en émotions.

Merci à mes parents, ma sœur, mes frères et ma grand-mère pour leur présence dans ces longs mois d'écriture et pour n'avoir demandé que deux cent dix-sept fois par semaine : « Alors, le roman, ça avance ? »

Merci à Augustin, Arthur, Victor et Roxane d'avoir été des petites muses.

Merci à mon vieux MacBook d'avoir tenu encore un peu, juste le temps que je termine ce livre.

Merci aux équipes de Robert Laffont pour leur confiance et leur talent.

Merci à Vincent Delerm pour ses chansons qui donnent envie d'écrire des livres.

Merci à mon amoureux, où qu'il soit, d'avoir veillé sur moi quand j'écrivais un peu sur nous.

Imprimé en France par CPI
en décembre 2019

pca
cmb
édition pré-presse
livres numériques

44400 Rezé

MIXTE
Papier issu de
sources responsables
FSC® C003309
FSC
www.fsc.org

L'Éditeur de cet ouvrage s'engage
pour la préservation de l'environnement
et utilise du papier issu de forêts gérées de manière responsable.

N° d'édition : 59679/01
N° d'impression : 155759